La Sirène de Port Haliguen

Aux Éditions Alain Bargain

Dans la collection
ENQUÊTES ET SUSPENSE :

Michel Renouard
- La Java des voyous
- Les castrats de Bombay
- Requiem sur le campus
- Le bouillon de minuit
- La farine du Diable *(épuisé)*
- La Vénus de Malifeu

Jean-Christophe Pinpin
- Qui voit Groix voit sa croix
- Qui voit Sein voit sa fin *(épuisé)*
- Qui voit Ouessant voit son sang
- Qui voit Belle-Ile voit son île *(épuisé)*
- Qui voit Molène voit sa peine
- Toulouse au bout du siècle
- Traque à Hoëdic *(épuisé)*

Aux Éditions Alain Bargain

Dans la collection ***POL'ART*** :

Serge Le Gall
- Sombre dessein à Pont-Aven
- Meurtres du côté de chez Proust
- Eaux-fortes à Sainte-Marine
- Ciel rouge au Pouldu

Loïc Gourvennec
- Le râle du basson

Yves Horeau
- Monsieur Butterfly

Renée Bonneau
- Nature morte à Giverny *(épuisé)*
- Séquence fatale à Dinard *(épuisé)*
- Sanguine sur la Butte

Stéphane Jaffrézic
- Toiles de fond à Concarneau
- Le Rubis de Châteauneuf-du-Faou

Cet ouvrage de pure fiction n'a d'autre ambition que de distraire le lecteur. Les événements relatés ainsi que les propos, les sentiments et les comportements des divers protagonistes n'ont aucun lien, ni de près ni de loin, avec la réalité et ont été imaginés de toutes pièces pour les besoins de l'intrigue. Toute ressemblance avec des personnes ou des situations existant ou ayant existé serait pure coïncidence.

Aux Éditions Alain Bargain

Dans la collection

ENQUÊTES ET SUSPENSE :

Serge Le Gall
- La secte de l'Aven
- Sables mouvants à Bénodet
- La Douarneniste et le Commissaire
- Corps-mort à l'Île-de-Batz
- Traque noire à Audierne
- Fugue mortelle en RÉ
- Le moine rouge de Carantec
- La Sirène de Port Haliguen

Françoise Le Mer
- Colin-maillard à Ouessant
- La Lame du Tarot
- Le Faucheur du Menez-Hom
- L'Oiseau noir de Plogonnec
- Blues Bigouden *à l'Île-Chevalier*
- Les Santons de Granite rose
- Les Ombres de Morgat
- Le Mulon rouge de Guérande
- L'Ange de Groix

Michèle Corfdir
- Le Crabe
- Mortel Hiver sur le Trieux
- Chasse à corps à Bréhat
- Larmes de fond ou le retour du crabe
- Vent contraire à Loguivy-de-la-Mer
- Herbes amères à Belle-Isle-en-Terre
- Il court, il court, le furet des Abers

Chaix d'Est-Ange
- La filière d'Arradon
- La petite dame de Locminé
- Ratissage dans le golfe
- L'Écluse de Malestroit
- Copie conforme à Larmor-Baden
- Les Truands de Saint-Goustan
- Coup de barre à Étel
- Vilaine affaire à La Roche-Bernard

Gisèle Guillo
- Dernier rendez-vous à Vannes
- Du Léman au Morbihan *(épuisé)*
- Tempête à Quiberon
- La Belle de Carnac
- Le Saigneur de Quimper
- Vol de pigeons à Arradon
- Cash-cash au Crouesty

Anne-Soizic Loirat
- Lorient l'interdite

Anne-Solen Kerbrat-Personnic
- "Mi Amor" à Rochefort
- Jour maudit à l'Île-Tudy

Firmin Le Bourhis
- La neige venait de l'Ouest *(épuisé)*
- Les Disparues de Quimperlé
- La Belle Scaëroise
- Étape à Plouay
- Lanterne rouge à Châteauneuf-du-Faou
- Coup de tabac à Morlaix
- Échec et tag à Clohars-Carnoët
- Peinture brûlante à Pontivy
- En Rade à Brest
- Drôle de chantier à Saint-Nazaire
- Poitiers, l'affaire du Parc
- Embrouilles briochines
- La Demoiselle du Guilvinec

Christophe Chaplais
- Pâté de Corbeau aux amandes amères
- Le calisson jusqu'à la lie
- Farz aux herbes de Portsall
- Addition salée au Croisic
- Salade russe aux noix de Grenoble
- Fourchette mortelle à Chinon

Patrick Bent
- Erquy profite le crime
- Le macchabée du Val-André
- Saint-Cast priez pour eux !
- Hécatombe à Saint-Malo

Jean-Pierre Farines
- Brume sur la Presqu'île

Bernard David-Cavaz
- Traboules
- La Fille de Sein

Philippe-Michel Dillies
- Meurtres à Monnaie
- Chasse à Tours
- Train d'enfer pour Saint-Pierre-des-Corps
- Les roses noires de Chartres
- Du raisiné à Vouvray

Aux Éditions Alain Bargain

Dans la collection

ENQUÊTES ET SUSPENSE :

Martine Le Pensec
- Onde de choc sur Fermanville
- Angoisse sur Penmarc'h
- Lumière noire sur la Penfeld
- Printemps funeste à Brest

Annie Le Coz
- Les Maudits de Kérogan
- Plumes sèches à Beg-Meil
- Quimper sonne les cloches
- "Caval" à Saint-Guénolé
- "Clap" de fin à Langolen

Simone Ansquer
- Téviec, le Secret
- Aux tours de La Rochelle

Lise Tiffanneau-Midy
- Sortie de route en Anjou
- Vengeance sur la Corniche Angevine

Solenn Colléter
- Lettres de sang sur la Côte Sauvage

Marie-Françoise Marchal
- Frissons en Morbihan *(épuisé)*

Stéphane Jaffrézic
- Chili-Concarneau
- Ville bleue et beaux dégâts
- Disparitions en Pays Fouesnantais

Jean-Pierre Bathany
- Camaret au Vitriol
- Double Je Nantais
- Été show à La Baule
- La Veuve Noire de Pornic

Alex Nicol
- Mystères en Finistère
- Ça bombarde chez les Bigoudens
- Mise en Bière à Sainte-Marine
- Le Tsar de Bénodet

Bernard Morin
- Trahison à Guerlédan

Jacques Caouder
- L'Occise des Landes
- L'Évadée de Brennilis
- Le Mort de Brest-Les Abers
- La Troménie noire
- Rumeurs mortelles à St-Renan *(épuisé)*

Christophe Gontard
- Dernière danse en Trièves

Michel Courat
- Ça meurt sec à Locquirec

Jean-Jacques Gourvenec
- Chasse au congre à Lannilis
- Scénario macabre à Saint-Pabu
- Sortilèges au Conquet

Jean-Pierre Le Marc
- Matin rouge au Guilvinec
- Soirées noires à Penmarc'h
- Double vie à Loctudy *(épuisé)*
- Signes de sang à Lesconil

Cédric Labb
- Les Démons du Midi
- Les Muses de Savoie

Sylvain Pettinotti
- Manzini ou "L'art des choix"

Luc Calvez
- Le fils du Tigre
- Les Graffeurs du Ponant

Patrice Rousseau
- Le faussaire de Pont-l'Abbé *(épuisé)*

Jérôme Lucereau
- Anévrisme
- Chef-d'œuvre meurtrier à Lorient *(épuisé)*
- L'affaire Callac *(épuisé)*

René Le Clech
- Baston chez les voileux

Jean-Luc Le Pache
- Bréhat-culpa *(épuisé)*

Philippe Lepeuple
- Samba ni loi en pays nantais
- Poulets de Brest *La mauvaise farce* *(épuisé)*

Bruno Ségalotti
- Filouteries en Côtes-d'Armor *(épuisé)*
- La Phalange de l'Argoat
- Breizh Connection *(épuisé)*

Yves Horeau
- Une retraite pas très spirituelle *(épuisé)*

Serge LE GALL

La Sirène de Port Haliguen

Collection

ENQUÊTES & SUSPENSE

Quadri Signe - Editions Alain Bargain
125, Vieille Route de Rosporden - 29000 Quimper
E-mail : editions.alain.bargain@wanadoo.fr
Site Internet : http://pagesperso-orange.fr/editions.bargain

« Il toucha de son grand sabre
Le seuil de la vallée noire
Pour que la lame choisisse
Entre le yin et le yang.
Comprendre qu'il ose
Parce que l'heure est exquise
Ne donne pas au guerrier
La clé sacrée de la félicité. »

Uchen Yang,
Infatigable voyageur chinois
(Période des Cinq Dynasties - Xe siècle)

I

Tout à coup, il eut le souffle coupé.

Elle bougeait !

Oui, la statue bougeait, il en était certain.

Ce n'était plus une image de jeune ondine en métal poli placé à l'extrémité du môle, le corps bien lisse et les cheveux trop blonds. Ce n'était plus cette pièce de bronze, désespérément froide et insensible aux caresses des passants.

C'était une femme, une vraie.

Elle était vivante, faite de chair et de sang. Tout son corps respirait la vie. Elle occupait bien l'espace comme une star sur une scène de spectacle. Il voyait même son visage éclairé d'un joli sourire. Et ses yeux qui semblaient le caresser malgré la distance. Oui, ses yeux, avec cette incroyable lueur.

Elle s'était débarrassée de ce morceau de filet de pêche qui emprisonnait sa jambe gauche en plein jour. Elle était descendue de son bloc de granit taillé en deux cubes superposés comme un piédestal et elle s'était approchée du bord.

Elle l'invitait de la main en répétant son geste avec insistance.

Son bras ondulait. Ses doigts joints formaient une coupe semblant puiser dans l'espace pour rapprocher les êtres pour l'extase.

Une femme. Il ne se trompait pas. Belle. Belle et nue.

Depuis quelques minutes, il sentait un poids étrange sur la poitrine et cette curieuse sensation d'oppression progressive comme si son torse tout entier était pris dans un énorme étau que quelqu'un serrait lentement, inexorablement.

Il s'en inquiéta un instant, pensa à ce qu'il avait absorbé, puis il mit cela sur la forte émotion qui le bousculait. Il y avait de quoi fouetter le sang. Il ne pouvait détacher son regard de cette vision inattendue, de ce spectacle irréel d'une jeune femme qui l'invitait à la rejoindre. Il y avait si longtemps, oui si longtemps, qu'il n'avait pas vu de si beaux yeux s'intéresser à lui.

Mais il n'avait pas peur, comme si l'étreinte lui semblait douce. Pour atteindre la félicité, il devait passer par ce stade d'initiation et se préparer à un choc bien plus grand quand il allait enfin la serrer contre lui.

Il se passa la main sur le visage buriné par les embruns comme pour tenter de retrouver ses esprits. Il en avait essuyé des paquets de mer au large de La Teignouse pendant bien des années ! De belles sirènes, il était certain d'en avoir vu les nuits de pleine lune. Parfois même, il avait cru que l'une d'elles allait monter à bord, mais jamais aucune de ces naïades noctambules n'avait poussé le bouchon assez loin.

L'une après l'autre, elles avaient peuplé ses nuits jusqu'à ce que ses ardeurs nocturnes froissent visiblement ses draps, mais elles avaient toujours croisé au large sans l'aborder. Au matin, il n'avait jamais trouvé trace de leur passage et il en avait été meurtri. Il aurait tant aimé retrouver un petit goût salé au bout de ses doigts… Si cette sirène-là n'était qu'un rêve, elle aurait disparu quand il allait ouvrir à nouveau les yeux.

Dans le seul café ouvert à cette heure tardive, il y avait eu cette jolie femme qui s'était assise un moment près de lui. Elle avait l'air d'être un peu seule dans une assemblée où les femmes présentes fumaient et buvaient comme les hommes. Peut-être que leurs solitudes les avaient rapprochés le temps d'un verre de stout à la mousse aussi amère que discrète.

Il l'avait déjà rencontrée auparavant. Toujours la nuit, dans un bar ou un autre. Ils avaient toujours parlé dans des coins sombres et discrets comme si la belle avait peur que la lumière ne rompe le charme. Il lui avait raconté sa vie puisqu'elle était la seule à écouter un vieux loup de mer comme lui fleurant bon la vinasse et la marée.

La banquette de molesquine était étroite. Elle avait favorisé un rapprochement naturel. Il ne se souvenait pas de ce qu'elle lui avait dit. Il n'avait gardé dans l'oreille que le son soyeux de ses mots sucrés quand elle lui avait proposé un morceau de gâteau breton fourré aux pruneaux. Il lui avait trouvé un goût amer comme si la pâte de fruits avait viré sous la chaleur. Il avait fini la part de gâteau sans rien dire. Pour une fois qu'il voyait la jeune femme en pleine lumière... Elle avait de si beaux yeux en amande et un sourire désarmant. Comme ces madones un peu tristes portées en procession dans les rues des pays du Sud.

Elle avait peu parlé, se contentant de le regarder puis de sourire parfois, avant de retrouver cet air absent qu'il lui connaissait bien. Puis elle l'avait quitté. Comme les autres. Toutes les autres.

Il l'avait regardée s'en aller, se frayer un passage vers la sortie et se retourner une fois, une seule fois. Ensuite, il avait bu des verres et chanté à tue-tête des chansons de marins avant d'être poussé au dehors par une horde d'inconnus qui ne connaissaient vraiment rien de la fraternité du monde de la mer.

Il avait frissonné de passer d'une ambiance surchauffée à un air frais et pur. Il avait marché seul sur le quai des Sinagots en enjambant les joints entre les pierres, comme s'il risquait un gage en ratant son saut de puce. Il espérait tellement. L'inaccessible étoile. Comme un fou furieux. Elle était peut-être encore là quelque part à regarder les bateaux... À l'attendre... Il avait envie de lui dire des choses. Ou rien si elle préférait le silence. Il ne voulait pas rentrer chez lui. D'ailleurs, il n'était pas sur la bonne route. Il vivait totalement à l'opposé. Devant lui, il n'y avait que la mer. C'était cette lueur blanche de l'autre côté du phare qui l'avait attiré...

Il se résolut à ouvrir les yeux. Ce qu'il fit timidement de peur de l'avoir déjà perdue. Il s'apprêtait à garder le souvenir d'un rêve agréable. Elle était toujours là. Elle avait levé les bras vers le ciel et, dans une attitude lascive, elle ondulait comme si une musique lancinante guidait ses mouvements de danse.

Il était en nage. La sueur lui mouillait les aisselles d'une humidité aigrelette qui l'indisposait. Il ne se sentait pas à l'aise comme si ses vêtements commençaient à le gêner. C'était incongru de sa part de rester si couvert devant la simplicité même.

La belle l'invitait à la rejoindre dans sa nudité.

D'un geste inattendu, il enleva sa vareuse et il la fit tournoyer avant de la jeter rageusement à terre comme un torero téméraire. Il toisa l'inconnue qui avait abaissé les bras et qui le regardait.

Il n'en croyait pas ses yeux. Elle avait un corps harmonieux qui prenait bien la lumière. Celle-ci semblait provenir d'un projecteur placé devant elle. Une sorte d'éclairage d'avant-scène comme au théâtre.

Il s'enhardit et il se débarrassa prestement de sa chemise à carreaux. Il jeta le vêtement vers l'avant comme pour faire allégeance à celle qui allait l'emporter.

Il avait le souffle court et le corps en feu. Il y avait si longtemps. Il voulut faire un pas en avant mais il tituba. L'émotion était trop forte. Le corps suivait mal. Du coup, il se rattrapa à l'autre statue, celle du Pêcheur assis sur un casier à homards. Il lui prit même le bras comme s'ils étaient des marins en goguette avant de s'asseoir sur le rebord du socle de pierre. Sa respiration s'accéléra quand il vit la jeune femme s'approcher encore un peu plus, la lumière lui éclaboussant les jambes dans un spectacle délicieusement indécent. Buste en avant, elle ouvrit les bras dans sa direction, l'invitant à la rejoindre de ses mains caressantes.

Il la voyait de plus près. Tout à l'heure, au café, elle n'était pas si blonde, mais une sorte de béret cachait ses cheveux. Et puis elle avait quitté son tricot à rayures pour des habits colorés. À la voix, il l'aurait reconnue avec certitude. Mais elle restait muette. Pour vérifier que c'était bien elle, il n'y avait qu'une solution. La rejoindre.

N'y tenant plus, il se leva d'un bond. Il jeta sa casquette à terre. Il délaça sa ceinture, tomba le pantalon et apparut dans le plus simple appareil. Immobile ou presque, il s'offrit ainsi au regard de la sirène vivante.

Elle lui tendit la main en souriant. Comme pour l'accepter ainsi. Enfin, ils étaient en harmonie. Une dizaine de mètres les séparaient encore. Il fit un pas, puis un autre. Il allait pouvoir s'envoler vers elle, la toucher et la serrer dans ses bras. Il avança encore. Il n'avait plus peur de rien. Ni de personne.

Brusquement, le sol se déroba sous son pied droit. On l'avait poussé. Juste le nécessaire pour l'aider à tomber. Une légère bourrade à hauteur de l'épaule gauche, un geste qui aurait paru amical en d'autres circonstances.

Il bascula comme une balise en détresse. L'image

de la danseuse nue se déchira en virant au noir. Il pensa crier mais il n'en eut pas le temps.

Il creva la surface comme un ballot jeté par-dessus bord et il s'enfonça dans l'eau sombre du port, la bouche encore ouverte sous l'effet de la surprise.

Sentant le liquide froid lui envahir le corps et le néant l'emporter inexorablement, il serra les bras comme pour enlacer la belle sirène. Ses mains ne rencontrèrent que le vide.

Quand son dos toucha la vase molle du fond, il avait déjà cessé de vivre.

II

Le commissaire divisionnaire Landowski s'arrêta devant la porte de l'ascenseur. Il avait déjà le doigt levé, tendu, prêt à l'action. Il lui suffisait d'un geste tout bête pour poser l'extrémité de l'index sur la pastille ronde et verte qui allait lui servir de sésame.

Il se ravisa. Il avait pris quelques jours de vacances à Quiberon. Un ami leur avait prêté un appartement. Il n'allait pas jouer ici à l'homme pressé. Il se persuada qu'une séquence escalier allait lui faire le plus grand bien.

Il ajusta son vaste sac de voyage sur l'épaule comme un routard pétri d'expérience et il attaqua la face nord. L'ombre le happa et il ne chercha pas à éclabousser de lumière artificielle sa progression solitaire.

Lorraine l'attendait là-haut. Du moins, c'est ce qu'elle avait promis.

Ils allaient se dire des choses, en faire d'autres. En rapport avec les premières. Puis passer quelques jours et quelques nuits loin des épais dossiers de crimes majeurs qui les occupaient tous les deux à plein-temps.

Et ce n'était pas une mince affaire que de trouver un créneau pour être ensemble. Il fallait d'abord le vouloir. Et ce n'était pas peu dire pour des êtres qui avaient choisi ou presque d'avoir une vie compliquée.

Ils avaient commencé par une rencontre fortuite autour de cadavres à peine froids du côté de Pont-Aven. Ils en avaient profité pour se réchauffer un peu plus tard sous la couette à Bénodet.* Lorraine avait choisi la chambre bleue. Une idylle pas si parfaite que cela puisque le commissaire Landowski allait vite avoir ses vapeurs.

À suivre, il y avait eu un rendez-vous manqué qui avait pourri leur vie et poussé Lorraine dans les bras d'un autre, plus par défi que par élan amoureux.

Landowski avait été superlourd sur ce coup-là. Il l'avait laissée l'attendre un peu trop longtemps pour qu'elle puisse apprécier ce genre de solitude forcée. Mais il n'avait pas eu envie de conclure, de contracter, de s'engager. Pour la vie.

Il restait un flic de terrain, un homme d'expérience, sans attaches et sans remords. À voir quand même pour ce dernier point. Comment aurait-il pu se mettre en ménage avec une jeune magistrate, belle sans aucun doute, mais qu'il aurait pu trouver chiante au bout d'un moment ? Sauf que la solitude comme art de vivre, bonjour !

Après bien des silences, ils s'étaient retrouvés en Charente-Maritime dans un appartement vide où le soleil traçait des traits sur le parquet.

---

*Lire *Sables mouvants à Bénodet* même auteur, même collection.

Moment sensuel en diable se terminant en queue… de poisson.

Puis il y avait eu ce week-end à Rome…

Cette fois-ci, ils n'étaient pas en service. L'un et l'autre, ils avaient bloqué quelques jours pour se retrouver à Quiberon, loin de toutes les turpitudes judiciaires qui occupaient leurs emplois du temps respectifs. Le commissaire émargeait à la toute nouvelle DCRI* depuis peu. La magistrate était toujours en poste à la quatrième division du Parquet de Paris.

Après tout, il fallait essayer. S'ils étaient faits pour vivre ensemble…

De marche en marche qu'il gravissait en prenant tout son temps, le commissaire se repassait le film. Histoire de tout se remettre en bouche. Comme un bonbon. À la menthe forte. Arrivé sur le palier, il s'arrêta. La porte d'entrée de l'unique appartement de l'étage était entrebâillée. Même si la clarté romantique bavait dans le couloir un peu sombre, il n'aimait pas ça. Trop calme, trop cosy. Avec son goût pour la parano, il ne pouvait pas trouver ça normal. Il en avait connu de ces flics sur le retour flingués à deux mètres du ragoût de choux. Il n'avait pas envie de s'en prendre une entre les deux yeux.

En faisant le moins de bruit possible, il se débarrassa de son sac de voyage qu'il posa près de la rambarde,

*Direction Centrale du Renseignement Intérieur née de la fusion des directions de la surveillance du territoire et des renseignements généraux.

puis il vérifia que son arme, pas celle de service, coulissait bien dans l'étui. Il s'accroupit pour regarder au ras du sol, entre le bas de la porte et le parquet de l'entrée. S'il repérait une ombre dans le petit espace, ce serait une indication de risque pour lui. On l'attendait de l'autre côté. Il ne remarqua rien de semblable.

Il écouta avec attention. Il entendit quelques notes de jazz qu'une fenêtre entrouverte laissait s'échapper, puis il perçut un chuintement certainement dû au courant d'air qui filait vers la cage d'escalier. Rien d'autre.

Il avança à toucher la porte de bois verni, la main sur la crosse de son arme. Il sentit l'odeur d'un parfum qui ne lui était pas étranger comme si celle qui le portait se tenait à proximité. Cette perception olfactive le rassura. Juste un peu. Il se redressa et il sourit.

Il lâcha la crosse bien sécurisante et il poussa la porte comme s'il entrait normalement.

La clarté l'assaillit.

Puis une masse lui tomba dessus. Un contact non agressif qu'il perçut immédiatement comme tel. Il y a des gestes qui ne trompent pas. Il se laissa terrasser et une courte lutte s'ensuivit sur le plancher.

Le calme revint rapidement. Un peu violemment, Lorraine lui prit la bouche de ses lèvres grandes ouvertes, puis elle s'écarta. Ils étaient tous les deux sur le sol, lui encore empêtré dans ses vêtements et elle simplement vêtue d'un slip minuscule.

Il se redressa.

— C'est comme ça que tu m'accueilles ? Avec un croche-patte, comme à la communale ?

Le reproche sonnait un peu faux.

— Disons que j'aime surprendre. Surtout toi !

— Tu y parviens très bien ! Souviens-toi de La Rochelle !

— Et du vase de Soissons ! lança-t-elle.

Landowski fronça les sourcils.

— De Soissons ?

— Dans l'appart ce jour-là, c'est bien moi qui l'ai cassé, le vase de nos retrouvailles !*

— Et je me suis cassé !

— Humour, Commissaire !

— Du coup, tu essaies de te rattraper en m'allongeant par terre d'entrée de jeu ?

— J'aurais des projets selon toi ?

— Tu n'as pas envie ?

— Ne rêve pas trop !

— Une jolie femme, une jupe droite, des pieds nus, une pénombre complice, ça ne s'oublie pas !

— Tu as bien su t'en passer ce jour-là !

— C'était à toi de jouer !

Elle soupira ; un soupir bref, brutal.

— Je sais, dit-elle. J'ai laissé passer mon tour.

Elle s'assit en tailleur. Landowski la trouvait si belle en rebelle !

— J'ai quand même regretté de t'avoir laissé filer, dit-elle en soupirant.

---

*Lire *Fugue en Ré* même auteur, même collection.

— Tu as fait ton choix !

— Par devoir. Mais toi, tu es parti si vite…

Elle releva la tête.

— Comme si ça t'arrangeait bien ! dit-elle, presque dépitée.

Landowski ne releva pas.

— Je t'ai quand même laissé le magot des malfrats pour que tu le fasses briller ! dit-il. Excuse-moi du peu ! C'est ce que tu voulais, non ?

Lorraine se caressa machinalement le genou droit.

— On aurait pu faire le coup de pub à deux ! dit-elle, une pointe de déception dans la voix. Passer à la télé, serrer des mains, boire du champagne et s'éclipser discrètement pour se goinfrer une petite balade sur la plage. Plus aussi…

Landowski se releva. Machinalement, il passa la main sur ses jambes de pantalon comme pour les défroisser. Lorraine Bouchet était toujours assise sur le plancher de l'entrée.

— On était en froid, dit-il, laconique.

Elle l'accusa du doigt :

— Par ta faute !

Landowski marcha vers la porte. Lorraine se releva d'un bond et lui barra le passage.

— Qu'est-ce que tu fais ? dit-elle tout à coup. Tu t'en vas déjà ?

Le flic qui ne riait pas si souvent, s'amusa de la voir inquiète.

— Je pars… chercher mon sac sur le palier !

En sortant dans le couloir, il l'imagina rassurée. Il ne doutait jamais de son pouvoir de séduction. Un bon moyen pour ne pas se poser de questions délicates.

Une ombre s'escamota dans l'escalier. Par simple réflexe, il se précipita la main sur la crosse de son arme. Il stoppa sur la première marche. Que faisait-il là dans cet immeuble désert à courir après les moulins à vent ?

Quelque part un étage au-dessous, des notes de musique s'évadèrent dans le couloir. Du jazz encore. Puis une porte se referma.

Quand il revint, Lorraine ne s'était toujours pas habillée. Elle avait allumé une cigarette et elle regardait au dehors. Il aimait bien la voir de dos. Cette image-là, elle ne pouvait en profiter qu'en se contorsionnant devant un miroir. Tandis que lui…

Il déposa son sac sur le premier fauteuil venu et il avança lentement. Elle resta silencieuse. Il se tut lui aussi. Puis il s'approcha lentement, à frôler son dos nu. À le toucher presque. Elle ne se retourna pas. Ils étaient en train de vivre ce genre de moment exquis où deux êtres peuvent entrer dans la même vibration, quelques secondes, une minute. Une éternité.

Au-delà de la baie vitrée largement ouverte, il y avait la mer, le phare, les bateaux et cette incroyable profondeur de champ à faire pâlir les spécialistes de la perspective.

— C'est chouette, non ? dit-elle enfin, la voix un peu mal assurée.

Landowski joua le fanfaron :

— Je connais…

— Forcément, toi ! Rien ne te surprend plus dans la vie.

— Mais si, mais si !

Il marqua volontairement un temps d'arrêt puis il ajouta :

— Que nous soyons ici ensemble, par exemple…

— Il t'en a fallu du temps pour te décider !

— Mais je suis là !

Il l'enserra de ses bras puis il fit pivoter leurs deux corps enlacés en fonction du panorama qu'il se mit à expliquer :

— En face c'est l'ancien port de pêche de Port Haliguen. Un port d'échouage à l'ancienne qui a peu à peu perdu son utilité.

— Mais pas son charme !

— Au fond, tu vois le port de plaisance. Le Pen Duick III est amarré à son ponton. Entre les deux, tu as les deux statues offertes par le sculpteur berlinois Karsten Klingbeil. Justement pour défendre le vieux port.

— Je les ai vues. J'ai fait le tour du bassin en t'attendant. Le pêcheur observe, sur le quai d'en face, une jeune ondine blonde et nue.

Lorraine posa ses mains à plat sur celles du commissaire qu'il avait jointes juste au-dessus de son nombril, et les caressa doucement. En insistant sur le majeur de la main droite de l'homme, elle dit :

— Continue. J'aime bien quand tu expliques !

— À droite, c'est la capitainerie. Sur ta gauche, tu as l'hôtel qui donne sur la place du Marché, ensuite le Café du Midi et le quai des Sinagots. C'est là que le capitaine Dreyfus a débarqué à son retour de l'île du Diable en juillet 1899.

— Tu as l'air bien au courant !

— Aucun mérite ! Il y a une plaque de marbre scellée dans un mur de pierre juste en face. Je l'ai lue en passant.

Il leva le bras.

— Après la laverie. Tu vois le carré dans le mur ? Il y a un petit chien blanc qui trottine juste en dessous et une femme en tricot marin.

— Oui, je vois.

Elle se défit de l'emprise de ses bras.

— Tu es déjà venu ici, on dirait !

— J'avoue, Madame le juge !

Elle parut agacée.

— Ne commence pas, tu veux !

Elle le menaça d'un doigt vengeur :

— Et réponds !

— Je viens me ressourcer à Quiberon de temps en temps.

— Seul ?

— Joker !

— Chameau !

Elle se jeta sur lui et l'enserra.

— Je te déteste !

— Aussi !

— Et tu fais quoi quand tu viens ici ?

— Je me repose. Je me promène. Je vais taquiner le bar dans les parages de la Teignouse.

— Et les bars au retour !

— Il faut bien trouver des lieux pour raconter des histoires de poissons géants chevauchés par des ondines aux cheveux d'or ! Petruslatein !*

— Et sinon ?

— Je fais quelques virées aéro !

— Aéro ?

— Pour conserver mon brevet de pilote privé, je dois effectuer mon quota d'heures de vol chaque année. C'est ici que je viens pour me conformer à la réglementation.

— Curieux de t'entendre parler comme ça ! Toi, respecter un règlement ?

Elle éclata de rire.

— Tout le monde sait que le célèbre commissaire Landowski n'en fait qu'à sa tête !

Il haussa les épaules.

— Les légendes ont la vie dure ! dit-il en protestant.

— La statue du commandeur !

— Érigée sur une tombe à l'ombre de quelques cyprès ? Très peu pour moi ! Trop tôt en tout cas !

Son regard se voila un instant. Ce qui n'échappa pas à Lorraine.

---

*Galéjade (allemand).

Elle revint à la plaisanterie :

— Et tu acceptes une passagère dans ton coucou ?

Il se redressa. Elle crut qu'il allait s'envoler.

— Je vais te dire un truc. Voler c'est ma liberté. Peut-être la plus vraie. C'est pour cette raison que je préfère être seul durant l'exercice.

Lorraine apprécia moyennement, puis elle rebondit :

— Je suppose que rien n'empêche les groupies de patienter sur le plancher des vaches.

— Les pilotes ne dédaignent pas les admiratrices !

— Au bar de l'escadrille ? Je vois ce que c'est ! L'as des as pérore devant un verre de bulles puis il s'en va avec la blondasse la plus conne du lot mais qui bouge le train comme une déesse !

— Jalouse, hein !

— De toutes celles qui t'approchent, ah ça oui !

Elle se passa la main droite sur la poitrine comme pour se détendre. Il la regarda faire. On aurait dit qu'elle sentait physiquement les yeux de l'homme se poser sur elle. Les ailes du papillon. Moment rare.

— Est-ce que tu veux un thé ? demanda-t-elle avec douceur. Hier en arrivant, j'en ai acheté chez Le Roux. Du Lapsang Souchong de chez Dammann.

— Bien ! dit-il, admiratif.

— Je sais que c'est un de ceux que tu préfères.

— Et tu sais pourquoi ? Celui-là est délicatement fumé. C'est ce qui lui donne cette amplitude de parfum et de goût. Violence et volupté. Toute la Chine dans un sachet cristal. On se croirait dans une fumerie à Macao. Un de ces bouges sombres qu'on voit dans les films…

— Avec tous ces Chinois en sueur ? Très peu pour moi ! Mais toi, tu rêves certainement à la belle Asiatique lascive qui attend l'aventurier dans l'alcôve !

— Tss, tss. C'est juste pour le voyage !

Il laissa un blanc avant d'ajouter.

— Mais de ce thé-là, je ne dois pas en prendre trop tard dans l'après-midi. Sinon, c'est l'insomnie garantie !

— Ce ne sera pas si grave ! dit-elle, espiègle. Si tu ne dors pas, je ne dormirai pas non plus !

— Merci…

— J'essaie de faire tout comme il faut ! dit-elle en s'éclipsant vers la cuisine minuscule.

En élevant la voix, elle ajouta :

— Comme tu aimes !

— J'apprécie !

Il l'entendit bousculer les casseroles. Il décida de la laisser faire et il s'approcha de la baie vitrée pour goûter au paysage.

Un Rhéa timonier reconnaissable à son toit de cabine en débord entrait au port. Il observa la manœuvre une minute ou deux, puis son regard se déplaça vers l'immeuble situé de trois quarts sur sa droite. Un mouvement sur une terrasse située juste un étage en dessous avait capté son attention. Une jeune femme blonde en maillot de bain deux-pièces, l'une et l'autre minuscules, secouait une serviette de bain toute bleue.

Elle ouvrait les bras pour la plier dans un mouvement ressemblant davantage à la danse du ventre qu'à un geste de femme de ménage.

Elle donna du temps à son jeu comme pour être bien certaine de capter son unique spectateur. Quand elle en eut terminé, elle darda le voyeur de son regard perçant sans faiblir un seul instant. C'est lui qui se recula d'un pas, rompant ainsi le contact visuel. Surexposé.

Lorraine se tenait debout juste derrière lui. Landowski se retourna.

— Je ne peux même pas te laisser seul une minute ! protesta-t-elle. Le temps de faire frémir de l'eau dans une casserole et monsieur fait déjà son marché en terrasse !

Il tenta de se dédouaner :

— Je regardais la mer, les bateaux…

— Et à l'occasion, tu reluques la voisine ! Des fois qu'elle ne supporterait plus le contact de son minuscule petit maillot et qu'elle s'en débarrasse !

— Tout de suite les grands mots !

— J'ai regardé une partie du spectacle par la fenêtre de la chambre. J'ai vu comme toi.

— Je n'ai pas l'habitude de baisser les yeux !

— Ni de détourner le regard apparemment !

— Je ne vais pas jouer le pudibond ! Je ne sais pas le faire !

— Les hommes, vous êtes bien tous les mêmes ! La chasse n'est jamais fermée pour vous. Après, vous vous étonnez qu'on vous plaque !

— Et si c'était tout simplement l'héritage de notre nature profonde. L'instinct primal de *l'homo erectus* ?

— Arrête avant de t'embourber grave, Commissaire ! On finirait par se fâcher ! Lis la dernière enquête sur la sexualité des Français. Les hommes n'ont pas foncièrement davantage de besoins que les femmes. Seulement, ça vous arrange bien de le faire croire !

Il baissa les yeux comme un enfant surpris les doigts dans le pot de confiture. Difficile d'avoir raison avec elle !

Il sortit donc son sourire de séducteur. Connaissant la réponse, il demanda :

— Et ce thé, avant la sieste ?

— Après !

III

Elle regarde le petit caniche blanc. Curieux animal qui trottine souvent sur trois pattes comme pour s'économiser. Le chien lève le museau comme pour montrer qu'il l'a reconnue. Depuis quelques jours, ils se rencontrent souvent par ici.

Elle suit le petit chien qui se hâte vers le môle. Elle veut se placer bien dans l'axe de l'appartement. Avec toutes ces claustras de plexiglas, elle n'aura pas une vision claire des choses si elle n'est pas bien située par rapport au sujet observé.

Elle affectionne particulièrement ces promenades journalières au cours desquelles elle peut voler des images très diverses. Elles vont de la violence la plus classe à l'amour le plus cru en passant par le catalogue inépuisable des mesquineries quotidiennes. Ces dernières, elle les préfère. Et de loin.

Ces hommes et ces femmes qui s'aiment ou se déchirent sur leur balcon lui fournissent une matière sans cesse renouvelée pour son petit musée des horreurs. Et des plaisirs.

Il y a la midinette idiote qui joue à la star du mélo pendant que le balèze lit le journal, la nourrice au chômage qui cherche un petit job au noir et la vieille belle échappée d'un pavillon de banlieue pour venir se faire reluire au soleil. Tout le monde a le droit à sa tartine de bonheur, ça change du quotidien lourdingue.

Il y a ceux qui ne cachent rien et ne se cachent pas. Du coup, elle ne se prive pas d'engranger des images. Celles-ci ne sont pas vraiment volées puisque les acteurs, qui ne jouent pas la comédie, lui donnent à voir ce qu'elle qualifie de quart d'heure de gourmandise.

Mais ce qu'elle aime bien, ce sont ces couples sans histoires qui vivent tout simplement. En se tirant des bourres qu'un paroissien sérieux aura pris pour des invitations au meurtre. Sans jamais passer à l'acte.

Ceux-là ne peuvent être un véritable enseignement pour elle. Ils n'ont jamais tué personne. Elle…

Lui là-haut avec ses airs de macho, elle le connaît un peu mieux maintenant. Lors de leur précédent séjour, à elle comme à lui, elle l'a déjà vu errer de quai en terrasse à la recherche d'un je ne sais qui ou quoi pour exister. Il a même rôdé un moment autour du café de la place avant d'y établir ses quartiers. Elle l'a aussi croisé du côté de l'aérodrome à caresser des fuselages, de jour. Comme de nuit.

Incidemment, elle a appris qu'il était le commissaire Landowski. Alors, l'inexplicable attirance qu'il provoquait en elle s'est muée en haine farouche. Elle a cherché à le revoir. Elle voulait le regarder avec un autre œil. Mais il était déjà reparti vers de nouvelles aventures.

Cet après-midi, elle est tombée dessus. Provoquer la coïncidence n'a pas été bien difficile. La presse et le bouche-à-oreille l'ont beaucoup aidée. Odilon a mis la touche finale, sans le savoir bien entendu. Ses renseignements lui ont été précieux.

Depuis que le brillant commissaire lui a fait faux bond en disparaissant trop vite, elle l'a pisté comme un gibier pour savoir quand il allait revenir vers elle. Elle voulait avoir le choix des armes et du terrain.

Elle a pris le Tire-bouchon* pour revenir d'Auray. Il était à bord du petit train, en voiture de tête. Elle lui a trouvé, comme toujours, un charme certain avec son jean un peu serré de rocker attardé et sa chemise à la BHL. Il avait l'air d'un routard VIP affûté pour un rallye thalasso d'au moins une semaine avec remise en forme assurée. Ah, s'il avait été monsieur Toulemonde…

Elle a ressenti une grande satisfaction à le voir entrer dans son pré carré. Elle va pouvoir enfin régler ses comptes. Elle va le faire danser jusqu'à l'épuisement. On achève bien les commissaires !

À l'arrivée en gare de Quiberon, elle a eu tout le loisir de l'observer sans qu'il s'en rende compte. Il est descendu sur le quai où un groupe d'ados piétinaient avant de prendre la route de la colo.

---

*Nom donné au train qui fait la ligne Auray-Quiberon en période estivale.

De jeunes saisonniers faisant office de personnel ferroviaire essayaient tant bien que mal de les canaliser vers la sortie. Surtout qu'une handicapée en fauteuil, le visage caché par un fichu coloré, attendait au milieu de la paroisse que son accompagnatrice daigne enfin venir pousser le chariot.

Lui, il ne s'est pas pressé. Il a regardé autour de lui, tout et tout le monde, elle compris, sans s'attarder. Elle en a ressenti une sorte de fierté d'entrer ainsi dans son regard sans qu'il ne soit en mesure de s'apercevoir de quoi que ce soit.

Sur le parking de la gare, elle l'a vu s'engouffrer dans une voiture de la gendarmerie qui attendait en double file. Si elle avait hésité un instant entre flic ou voyou, les choses en auraient été éclaircies d'un coup.

Mais elle ne connaît plus ce genre de doute. Landowski fait partie de sa vie. Il y est entré brutalement. Il faut qu'il en sorte. Coûte que coûte. Déchu et rejeté au minimum. Mort de préférence.

Elle a eu le temps de rejoindre Port Haliguen avant que sa cible masculine n'y pointe ses arêtes. Elle a pensé qu'il avait dû faire une halte quelque part. Pas forcément à la brigade car il pouvait y aller à pied de la gare. Un achat, une visite discrète à faire ? Dans le fond, elle n'en a cure.

Tout à l'heure, elle était aux premières loges pour voir la jeune femme se balader la poitrine à l'air avant que l'invité ne surgisse dans l'appartement. À la voir arpenter l'appart dans le plus simple appareil, elle s'est dit que cette gravure de mode ne pouvait être que le cadeau de monsieur, le repos du guerrier, la pension complète. Cette jolie femme n'allait quand même pas se payer le courant d'air uniquement pour risquer le chaud et froid.

Elle en a ressenti une sorte de frustration. Elle ne connaît pas l'émotion de cette attente-là. Du coup, elle le déteste encore davantage.

Elle a marché sur quelques mètres, puis elle est revenue sur ses pas. Là-bas, l'appartement semblait déserté. Elle a pensé que le commissaire était enfin arrivé, qu'ils conversaient tous les deux dans l'entrée ou la cuisine. Ou dans la chambre s'il avait ses affaires à ranger. Non pas dans la chambre, il serait bien assez tôt de s'y rendre. Ils n'allaient pas faire ça tout de suite, comme des bêtes. Si l'hôtesse jouait au cadeau de bienvenue, il n'y avait même pas le ruban à défaire.

Ensuite, elle n'a pu apercevoir que deux silhouettes, plutôt confondues ma foi, s'encadrant dans l'ouverture de la baie vitrée avant qu'elles ne s'escamotent comme des figurines de fête foraine.

Il ne lui a pas échappé non plus que leur voisine la plus proche a interrompu son bain de soleil quand le beau mec a entraîné sa pouliche dans l'alcôve. Comme si le spectacle était annulé faute de spectateurs. Un seul être vous manque et tout est dépeuplé.

Il suffira d'un rien…

Les acteurs sont entrés en scène. Les figurants sont en place. Le décor est plutôt réussi. Elle souhaite à

Landowski d'en profiter pleinement. Les festivités ont commencé sans lui, il ne va pas tarder à l'apprendre.

Elle marche sur le môle, le petit chien sur les talons. Elle s'arrête à côté de la statue du Pêcheur assis sur son casier à homards. Elle lui touche le bras droit, celui qui est levé, puis elle avance encore. Au bord du gouffre.

À l'endroit même où le moribond a fait le grand saut. Sous ses yeux.

IV

— Qu'est-ce qu'on fait maintenant ? demanda Landowski sans bouger d'un poil.

Lorraine se redressa sur un coude et le regarda.

— Vous les hommes, vous êtes incroyables ! dit-elle, faussement surprise.

Le commissaire essaya mollement de se défendre :

— Mais qu'est-ce que j'ai dit encore ?

— Tu es pressé. Pendant, je ne dis pas, mais toujours trop pressé après. Pressé de dormir, pressé de partir. Pressé d'oublier !

— Dis donc, Madame le juge, je sens que je vais avoir droit à quelques banderilles. Tu n'es pas en train de faire un réquisitoire. Tu es en vacances, en va-cances !

— C'est là le problème ! Je t'attends ici en ne sachant même pas d'ailleurs si, cette fois-ci, tu vas bien te pointer comme prévu. Monsieur a souvent des urgences qui font que les rendez-vous sont manqués.

— Tu ne me pardonnes pas de t'avoir laissée un peu seule après l'affaire de Bénodet et…

— Stop ! On était bien ensemble. Debout, couchés. Tout à coup, Monsieur le commissaire divisionnaire disparaît on ne sait où à courir après des délinquants qui pouvaient bien attendre encore un peu de passer aux Assises.

Il chercha à se disculper :

— Silence radio ! Ordre du Directeur Général !

— C'était peut-être une femme…

— Relis mon rapport ! J'ai fait mon boulot de flic !

— Sauf qu'au retour, tu oublies que j'existe au point de me poser un lapin !

Landowski se passa la main sur le bas du visage avant de lancer :

— Tu avais trouvé quelqu'un…

Lorraine se débarrassa d'un morceau de drap traînant encore sur ses jambes nues. Elle se mit à genoux sur le tissu froissé à l'extrême puis s'assit sur ses talons.

Cette position tendait les muscles de ses cuisses. Elle redressa le buste. Elle savait très bien ce qu'elle faisait. Elle lisait à livre ouvert dans les yeux de Landowski.

Elle menaça son compagnon du doigt et du regard.

— Tu ne manques pas d'air ! J'ai cru comprendre que tu ne voulais plus de moi. Je connais les flics dans ton genre. Toujours prêt à s'enflammer pour une jolie paire de fesses qui passe à portée de main ! À cette époque, tu devais être sur un coup. Un bon, je l'espère pour toi. Seulement moi, je me suis retrouvée seule.

Elle parut songeuse tout à coup. Sur un autre ton, elle continua :

— Le lendemain, j'ai pris un bateau pour une sortie banale sur une mer calme. Un golfe clair. Enfin. J'avais besoin de je ne sais quoi. Quelque chose d'autre.

— C'est drôle de voir comment ça a marché tout de suite.

Elle hésita avant de lâcher :

— J'ai fait une rencontre.

— Un homme que tu connaissais. À qui tu t'étais déjà refusée.

Il ne demandait pas, il affirmait.

— Et alors ?

— Alors rien. Je t'ai laissée tranquille.

— Dis plutôt que ça t'arrangeait bien !

— C'était un concours de circonstances.

— Pour moi aussi !

— Avec un mariage à la clé ! Excuse-moi du peu !

— Un banal accident de parcours ! Des trucs d'adultes qui arrivent tout le temps sans trop qu'on sache le comment du pourquoi.

— Sans un mot, sans une explication ni même des reproches ! J'y pense souvent.

Elle se mordit les lèvres puis elle répondit un peu vite :

— Je n'avais rien à te dire.

Elle se reprit et attaqua à nouveau :

— Et puis, de ton côté, tu as eu tout le loisir de t'envoyer…

Il la coupa :

— Comme toi ! Exactement comme toi !

— Je n'ai pas ton palmarès ! On dit que la liste est éloquente…

— Je sais. Elle est affichée dans tous les commissariats de France et de Navarre.

Landowski étendit la main et caressa le genou de Lorraine. Un geste d'apaisement.

— Dis, on ne va pas se bouffer toute l'après-midi, dit-il. On se lève ou on se recouche ?

En guise de réponse, Lorraine quitta le lit puis la chambre. Landowski se dépêcha de faire de même. Revenu au salon, il entendit l'eau de la douche couler. Il passa un short puis il s'assit sur un fauteuil en rotin et il se mit à contempler la mer.

Lorraine revint vite. Encore presque nue. Elle semblait avoir décidé de ne pas s'embarrasser de lessives pour les vacances.

— Tout à l'heure, je demandais simplement ce que nous allions faire de nos journées, expliqua-t-il.

— Tu aurais pu attendre un peu. Pour une fois !

Landowski éluda :

— À part ça ?

— Je vais éveiller mes sens.

Elle marcha vers la baie vitrée en se déhanchant.

— Ah oui ? s'étonna-t-il, content qu'on change de sujet. Et c'est quoi le programme ?

— Je vais ouvrir mes yeux, respirer la vie à plein nez, choisir mes bruits, toucher à tout et soigner mes papilles !

Il écarquilla les yeux.

— Quel programme ! Tu as trouvé ça dans une revue ou quoi ?

— Ben oui, pourquoi ? Il n'y a pas que des trucs niais dans les magazines féminins. Je lis les articles. Toi, tu regardes les gravures de mode. Chacun son trip.

— Mais c'est quoi, concrètement ?

— Je vais m'occuper de moi ! Je vais faire de la thalasso, de la sophro, du sport…

— Et moi dans tout ça ?

Elle plissa les yeux.

— Tu ne devais pas aller à la pêche au bar ?

— Bien sûr que si !

— Eh bien, tu vois ! La thalasso propose des forfaits pour quelques séances. Je vais aller voir… Il y aura sûrement une formule à me séduire.

— Et un masseur habile de ses doigts !

— Chic alors !

— Je t'attends ?

— Non. Tu fais un saut chez ton pêcheur d'écailles. Vous mettez au point votre sortie pour aller taquiner ces pauvres poissons. Vous faite votre petit trafic, une visite au bateau, un arrêt au café, et on se retrouve plus tard devant un plateau de fruits de mer. Il fera déjà presque nuit !

Il sembla à la rue.

— Ben et demain ?

— On recommence et on continue !

Elle leva les bras et ajouta :

— Les vacances quoi !

— Je t'accompagne ?

— Bien sûr que non puisque tu vas rendre visite à ton vieux loup de mer !

— S'il est là…

— Les petits pêcheurs rentrent au port dans l'après-midi, c'est bien connu ! Il y a les mouettes qui attendent sur le quai ! Et plus si affinités !

Il la regarda s'habiller comme un voyeur qu'il ne se cachait pas d'être.

— Tu peux faire comme moi ! dit-elle.

— Je mettrais un slip en plus, si tu permets…

Elle toucha sa cuisse droite.

— Sous ce pantalon, on le verrait trop ! Donc…

Il cacha un léger rictus et repêcha ses vêtements un peu épars. Lorraine aimait bien ces élans tirant à l'imprévu et il avait été forcé de se conformer au rite.

Une fois dans l'escalier, il l'enlaça et ils descendirent les marches une à une dans un duo parfait. Sur le seuil, elle posa furtivement ses lèvres sur sa bouche et elle s'en alla.

Landowski la regarda s'éloigner à pied. Il ne s'en lassait pas. Elle avait passé un pantalon clair aussi serré qu'une seconde peau et un pull tube un peu court. Elle allait avoir l'air d'un mannequin en vacances. Sauf qu'à Quiberon, c'était monnaie courante.

Il se demanda où elle avait garé sa voiture puisqu'elle continuait à marcher dans la rue. À moins qu'elle ait décidé de faire le trajet à pied… Il attendit encore avant de la voir disparaître au coin.

Il se retourna en direction de la mer et il fit quelques pas vers la capitainerie. Machinalement, il leva les yeux quand il passa à l'aplomb de l'appartement occupé par la jeune femme en maillot de bain. Il aperçut un coin de la serviette bleue posée sur le garde-corps.

À l'angle, il tourna à droite puis encore à droite. Il emprunta un petit chemin louvoyant entre des jardins privatifs entourés de haies taillées. Il était déjà passé par là pour passer d'une résidence à l'autre. C'était un raccourci qui permettait de rejoindre la plage en évitant de longer une partie du front de mer.

Il fit quelques pas, puis il s'arrêta pour faire un nœud à un lacet récalcitrant. C'est à ce moment qu'il saisit une conversation. On parlait derrière la haie. Il prêta l'oreille.

— On a bien fait de le noyer celui-là ! dit une voix d'homme.

— Maintenant, il faut s'occuper des autres ! ajouta une autre voix qui semblait être celle d'une femme.

Landowski entendit un bruissement de feuillage malmené. La voix féminine reprit :

— Mais il faudra faire attention, le superflic est arrivé aujourd'hui.

Il saisit sans peine qu'on parlait de lui et d'autre chose qu'il ne comprenait pas encore. Il décida d'agir. Il fit irruption dans le petit jardin.

Il n'y avait personne. La conversation avait lieu dans l'enclos suivant. Son mouvement inattendu avait provoqué du remue-ménage. Il entendit courir. Il fit rapidement le tour pour rejoindre l'autre jardinet. Il buta contre une pile de sièges de jardin judicieusement placée en travers du passage. Il tenta de se rattraper. Peine perdue.

Il se releva aussi sec et il retourna dans le chemin. Il entendit un bruit de course dans la descente vers les garages. Les fuyards étaient deux. Peut-être trois. Il se mit à courir à son tour et s'engouffra au bas de la déclivité dans une zone très sombre. De part et d'autre, il y avait les boxes, tous fermés par des rideaux de fer. Il se dirigea vers un carré de lumière situé tout au fond de l'allée centrale et donnant sur l'extérieur. Ils devaient avoir fui par là.

Quand il y parvint, presque, la porte se referma devant lui avec un bruit métallique et il entendit la clef tourner dans la serrure.

Il s'était fait avoir comme un bleu.

V

Landowski longea la jetée Wilson, le quai des artistes, puis il traversa la place sans se presser. Il avait chaussé des lunettes spéciales mer dont il ne se séparait jamais quand il était à Quiberon. La réverbération rencontrée en mer nécessite une bonne protection. Ses verres photochromiques étaient parfaits pour ça.

Odilon allait encore ronchonner s'il ne distinguait pas les yeux du commissaire derrière les verres teintés…

Il disait tout le temps :

— La dorade, faut la regarder dans les yeux avant de lui caresser les ouïes. Comme une femme. C'est dans le regard que tout se passe, Commissaire !

Odilon, c'était ce vieux loup de mer un peu fou qui l'emmenait dans les parages de La Teignouse pour taquiner le bar et autres poissons. Il s'était esclaffé, la première fois, quand Landowski s'était pointé sur le quai affublé d'un équipement digne d'un astronaute pour aller à la pêche. Depuis le commissaire avait viré vers le pantalon gros bleu et la vareuse.

Le pêcheur de Port Haliguen était du genre vieux briscard à qui on ne la faisait pas. Il était rompu à toutes les bordées de marins en goguette naviguant de Valparaiso à Kowloon dans des rafiots fatigués. Il avait fait son temps dans la Royale avant de bourlinguer au commerce, histoire d'en tirer une pension convenable, puis il avait repris le bateau de pêche de son père. Pour n'en faire qu'à sa tête. Enfin.

Landowski s'engagea dans l'escalier aux marches bizarres. Inclinées vers la droite, elles donnaient l'impression d'être à bord d'un bateau qui tangue. Déjà.

Ensuite, il y avait un petit chemin caillouteux menant à une sorte de communauté de pêcheurs où habitait Odilon depuis sa retraite.

C'est là qu'il avait amené Landowski après une pêche miraculeuse, pour écluser quelques verres d'un breuvage incertain issu d'une recette familiale aussi secrète qu'approximative. Il avait juste appris qu'il y avait eu des fruits dans l'alcool. Pour le reste…

Devant la demeure du pêcheur, le commissaire hésita. Depuis des lustres, Odilon avait placé un drapeau breton au-dessus de l'oculus de la porte d'entrée. Une relique ramenée de Terre Adélie. Le tissu déployé en rideau était un signe d'absence. Quand il était enroulé et donc invisible du dehors, cela indiquait que le propriétaire était chez lui.

Le drapeau masquait le panneau de verre dépoli. Landowski monta quand même les quelques marches de ciment bouchardé. Odilon avait pu oublier. Arrivé au palier, il cogna à la vitre de son index replié et il attendit. Il en profita pour jeter un œil alentour et il s'aperçut que son regard portait jusqu'au port de plaisance. L'endroit était une sorte de vigie. Odilon devait s'en servir pour observer le climat sur la baie et décider ainsi d'une sortie en mer ou d'une virée dans les cafés. Ou les deux.

— Vous cherchez quelque chose ?

Landowski avait été distrait un instant par le panorama. Une femme en sarrau noir l'apostrophait du bas des marches.

— Je venais voir Odilon, expliqua-t-il.

La vieille dame posa les mains grandes ouvertes sur ses hanches.

— Odilon ?

— Ben oui. J'ai envie de faire une sortie en mer.

— Maintenant que vous le dites, j'ai bien dû vous voir par ici de temps en temps.

— Je suis déjà venu.

— Et vous ne savez pas ?

— Qu'est-ce que je devrais savoir ?

— Il parlait parfois d'un célèbre policier. Si vous êtes cet homme-là, vous devriez être au courant !

Landowski s'impatienta :

— Mais de quoi bon Dieu ?

— Qu'il est mort Odilon !

Le commissaire accusa le coup.

— Mort ?

— On l'a trouvé noyé dans l'port !

— Où ça ?

Landowski redescendit lentement les marches.

— Après la p'tite passe entre les deux statues, dit la femme en criant moins fort.

— Qu'est-ce qu'il lui est arrivé ?

Elle haussa les épaules.

— Est-ce que j'chais moi ?

— On en a parlé dans le journal ?

— Bien sûr ! Il était connu par ici.

Elle leva les bras.

— Depuis l'temps qu'il courait sur l'port, çui-là ! Ben, il est tombé d'dans !

— C'est arrivé comment ?

Elle protesta.

— Eh, dites, j'y étais pas moi ! On l'a trouvé au matin accroché à une chaîne d'ancre. La marée l'avait poussé vers les bateaux du fond.

— Et vous l'avez vu vous-même ?

— J'attendais que le Café du Midi ouvre pour prendre mon pain. Comme d'habitude. Un promeneur avec son chien a découvert le corps. Il s'est mis à crier. J'ai été voir. Il était abîmé au visage, le Odilon. J'ai cru qu'on l'avait battu à mort. Dans le journal, on a dit que c'était normal pour un noyé, qu'il avait pu tosser la quille des bateaux ou le bord du quai. Accident banal qu'ils ont conclu.

— Et vous, vous n'y croyez pas ?

Elle brassa de l'air.

— Ben non, j'y crois pas, voilà !

— Et pourquoi ?

— J'vois bien que vous êtes de la police, hein !

— Je suis en vacances !

— Un flic ne dort jamais ! J'ai entendu ça dans un feuilleton à la télé ! Même que c'était…

Landowski coupa court :

— Alors ?

— Alors, alors ? C'est que l'Odilon, on l'a poussé d'dans !

— C'est grave ce que vous affirmez !

— J'chais bien ! Mais c'est pas autrement ! Odilon sortait du café. Il était tard et il était un peu bu à ce qu'on m'a dit. C'est ici chez lui, non ?

— Oui et alors ?

— Il est parti de l'aut' côté, vers le môle ! C'était pas sa route !

— Ce qui vous fait dire ?

— Que quelqu'un l'a attiré vers là-bas !

— Et ce quelqu'un l'a poussé à l'eau ?

— Voilà ! Vous avez trouvé !

— Et l'enquête, elle a dit quoi ?

— Bah, trois fois rien ! Qu'il était un peu saoul et qu'il est tombé à l'eau par accident. Il s'est noyé bêtement à c'qu'y paraît !

— Cela s'est peut-être réellement passé ainsi.

— Non et non !

— Vous êtes décidée, dites donc !

— Je sais ce que j'dis ! Des chopines, il en avait bu avant, Odilon ! Sans tomber dans l'port pour autant. Et il retrouvait toujours son chemin sans se tromper.

Sur le ton de la confidence, elle ajouta :

— Et puis il y a eu la p'tite !

— Qui ça ?

— Odilon a bu un verre ou deux avec une inconnue. Tout le monde les a vus dans la salle ce soir-là. Ils ont ri ensemble. Avec lui, c'était rare l'amusement.

— Et c'était qui ?

— Justement, on sait pas ! C'était fête ! Z'étaient tous déguisés en pirates ! Une jeune femme bien faite à ce qu'on m'a dit !

— Ce n'était pas quelqu'un d'ici ?

— Pas native de Port Haliguen en tout cas ! À part ça, il y a les gens des bateaux et plein d'autres qui sont en location. Difficile de savoir d'où elle venait la p'tite !

— Pourquoi devrait-on la soupçonner à votre avis ?

— Parce que c'est pas naturel pour une jolie femme de tourner autour d'un vieux célibataire comme Odilon. C'était pas un perdreau d'l'année !

— Ce n'est peut-être qu'une coïncidence cette rencontre !

— Il s'est quand même déshabillé ensuite !

— Comment vous savez ça ?

— Ben, on a retrouvé tous ses effets en tas au bout du môle !

VI

— Il est mort ton p'tit père pêcheur, c'est ça que tu dis ?

— Mort de chez mort !

Le couple dînait en terrasse. Pour que chacun puisse profiter de la vue, Landowski avait tourné la table façon losange. Cette disposition les rapprochait encore. Lorraine avait fait livrer un plateau de fruits de mer. Elle avait fait rajouter un demi-homard par personne pour marquer le coup. Elle se faisait réellement une fête d'avoir Landowski pour elle toute seule pendant quelques jours. Elle avait envie de passer sur bien des choses, oublier les erreurs faites par l'un comme par l'autre et profiter de l'homme qu'elle aimait.

Il restait un loup solitaire, si fort dans son indépendance, si fragile dans son envie d'aimer. Et habité par son métier comme personne d'autre. Ces vacances lui feraient le plus grand bien.

Et si la vie voulait leur sourire…

Elle avait disposé la petite table en usant de couleurs vives. Elle avait soigneusement choisi les verres. Elle avait sorti une bouteille de Sauvignon. Elle affectionnait le vin blanc. En abusait parfois quand elle était avec lui.

— Je suis passé à la brigade, continua le commissaire en prenant une huître.

— Tu as fait quoi ? s'étonna Lorraine, une patte de crabe à la main.

— Je suis allé consulter le dossier. Le dossier d'Odilon. Je connaissais la victime. Je me suis renseigné.

— Sauf que tu es en vacances. Et avec moi ! Tu ne vas quand même pas jouer à Sherlock pour occuper tes journées ! J'aurais pu emporter un ou deux dossiers moi aussi et procéder à quelques auditions, histoire de ne pas perdre la main.

— J'ai un mauvais souvenir !

— De quoi ? Quand tu es venu me voir au palais à Paris ?

— Te voir ? Sur le mode « j'ai vu de la lumière et je suis entré ? » Pas du tout ! Tu m'avais convoqué !

— Nous étions tous les deux en service. Ce n'est pas le cas aujourd'hui.

Landowski se beurra une tartine de pain bis avec application.

— J'ai quand même le droit de savoir !

— Mais savoir quoi ? dit-elle avec un geste d'impatience. Un accident ça arrive tous les jours !

— Mais ce n'était pas un accident !

— Parce que ?

— On l'a poussé dans l'eau !

Lorraine se reversa un verre de Sauvignon.

— Tu y étais peut-être ?

— Mais non ! répondit le flic, agacé.

— Alors ce n'est pas ton affaire. Il y a un dossier d'ouvert ? Une demande d'enquête ? Le parquet a lancé une CR* ?

— Non. La thèse de l'accident a été retenue d'emblée. Après autopsie.

Lorraine ouvrit les bras.

— Eh ben, tu vois, Commissaire ! Affaire classée !

— Pas pour moi !

Lorraine soupira.

— Ta réputation n'est pas usurpée. Toi, quand tu as quelque chose dans le bourrichon…

— Ce n'est pas ailleurs, je sais.

— C'est quoi ton idée ?

Landowski avala une gorgée de vin blanc à son tour.

— D'abord les faits. Odilon a bu quelques verres au café. Il y avait une fête costumée ce soir-là. Une arrivée de régates. Une jeune femme est venue s'asseoir à sa table. Elle a conversé avec lui…

— Du coup, tu veux lui coller le meurtre sur le dos à cette inconnue ?

Landowski ignora.

— Au bout d'un moment, elle est partie. Lui, il est resté un peu, puis il est sorti à son tour. Au lieu de rentrer chez lui, il a pris la direction opposée, vers le bassin. Le lendemain matin, on a retrouvé ses vêtements au bout du môle et son cadavre dénudé dans l'eau du port.

— C'est tout ?

---

*CR : Commission rogatoire.

— C'est ce que l'on sait.

— On dirait quand même bien un accident…

— Sauf si on l'a attiré près de l'eau et qu'on l'a poussé dedans !

— Des poivrots qui tombent dans le bassin d'un port en pleine nuit, y en des tas de par le monde !

— Idéal pour maquiller un meurtre.

— On l'aurait déshabillé ensuite ?

— Non, ses vêtements étaient parfaitement secs.

— On l'a forcé à les enlever alors ?

— Ou il a eu envie de le faire lui-même. Le pantalon est posé à terre exactement comme si on venait de le baisser jusqu'aux chevilles.

— Pour faire l'amour à la belle étoile par exemple ?

Landowski leva la main.

— Tu vois que tu y viens !

— J'essaie de jouer à ton jeu de piste, c'est tout !

Lorraine tendit une grosse pince de crabe à son compagnon.

— Tu veux bien la casser ? J'y arrive pas.

Il s'exécuta.

— Et s'il était question de s'amuser un peu, pour quelle raison on l'aurait poussé à la flotte ton vieux loup de mer ? demanda-t-elle.

— C'est ce que je vais chercher à savoir.

Lorraine écarquilla les yeux.

— Parce que tu vas mener une enquête ?

Landowski se risqua :

— Je vais gratter un peu.

— Et les vacances ? Et moi ?

— Rien de changé ! Tu vas te payer des séances de thalasso et faire tout le reste comme prévu.

— Mais toi ?

— Je serai là.

— Sauf si tu te mets à fouiner partout. Tu es bien foutu de rater les repas voire de découcher. De m'oublier tout simplement.

— Mais non. Et je ferai ça discrètement. Surtout qu'on sait qui je suis.

— Qui ça, on ?

— Justement, je ne sais pas. En me promenant, j'ai saisi une conversation par hasard.

— Par hasard ?

— Ben oui. J'ai tendu l'oreille !

— Et ça disait quoi ?

— Derrière la haie, on y parlait d'un flic qui venait d'arriver à Port Haliguen.

Elle esquissa un geste d'impuissance.

— Qu'est-ce que tu veux, tu fais de l'effet ! Je l'ai senti le premier jour !

— On parlait aussi d'un meurtre !

— Avec ça, tes inconnus sont rassurés !

— Comment ça ?

— Tu vas mordre à l'hameçon !

VII

Lorraine dormait sur le dos, la respiration lente et profonde. Le drap bleu avait glissé la dévoilant généreusement jusqu'au pubis. Elle avait une main derrière la tête et le bras droit plié tandis que l'autre était étendu le long de son corps. Dans son sommeil, elle avait dû remonter un genou et repousser machinalement le drap. Il y avait juste une lueur blafarde pour bien la distinguer. Landowski ne put s'empêcher de la contempler un moment dans cette nudité tranquille.

Ensuite, il se glissa hors du lit en veillant à ne pas emporter le drap avec lui, ce qui aurait eu pour effet de faire frotter le tissu sur le corps nu de sa compagne. De quoi la réveiller à coup sûr.

Une fois debout, il l'observa encore. Cette fois, ce n'était pas pour faire le voyeur. Il voulait être sûr qu'elle dormait toujours. Elle n'avait pas bougé. Il renonça à remonter le drap sur elle. Il faisait assez chaud dans la chambre et il ne fallait rien modifier au cours normal d'un sommeil profond s'il ne voulait pas faire avorter sa tentative.

Il avait en effet dans l'idée de faire un tour sur le port, à peu près dans les mêmes conditions que ce pauvre Odilon. Depuis qu'il avait abusé de service de nuit en région parisienne au début de sa carrière, il avait le sommeil court et léger. Peut-être pourrait-il comprendre un peu mieux ce qui avait conduit le pauvre bougre à faire le saut de l'ange avant de se noyer.

Et si on attendait de lui qu'il se mêlât de cette affaire, il avait bien l'intention de donner raison à ceux qui tiraient les ficelles. Avant de quitter son habit de marionnette pour faire tomber les quilles.

Il saisit ses vêtements qu'il avait jetés négligemment sur l'une des chaises, au grand dam d'ailleurs de Lorraine qui ne tolérait cela qu'en cas de désir trop soudain pour avoir le temps de ranger. Puis il sortit de la chambre en poussant la porte. Il se félicita de ne pas l'avoir fermée complètement en revenant des toilettes. Il ne s'arrêta pas sur les lumières du port qui poinçonnaient la nuit et il s'habilla sans bruit. L'entraînement qu'il avait subi et entretenu tout au long de ces années lui permettait la totale discrétion nécessaire pour ne pas compromettre une opération délicate.

Celle-ci l'était. Si Lorraine le trouvait habillé au milieu de la nuit, il aurait bien du mal à expliquer le pourquoi de la chose. Et, il l'imaginait bien, la simple évidence serait battue en brèche par des motifs peu glorieux que Lorraine saurait pêcher dans le vivier des intuitions féminines. En clair, elle penserait qu'il avait rendez-vous dans un autre lit douillettement garni. Surtout qu'elle avait eu sa migraine ce soir, le laissant sur sa faim.

Et il y avait, deux étages plus bas, dans le bâtiment contigu, une donzelle apparemment peu farouche qui supportait mal le frottement des vêtements sur sa peau. Une coupable idéale que Lorraine n'omettrait pas de clouer au pilori si nécessité.

Après ces pensées un peu délicates, Landowski hésita. Il se demanda si sa sortie nocturne était bien guidée par une envie de justice. Le temps n'était plus aux tergiversations. Il passa outre.

Une fois dans l'escalier, il ferma son blouson jusqu'en haut. Le noir du vêtement le masquerait aux regards. Il vérifia ses lacets et doubla le nœud. Pas question de s'étaler sur l'asphalte au moment crucial. Il ne jouait pas un rôle comique dans un film débile aux grosses ficelles.

Machinalement, il caressa la crosse de son arme bien en place dans son étui. Histoire de se rassurer mais surtout d'être prêt à toute éventualité. Il sortait couvert. Toujours. Et s'il devait faire usage de son arme, malheur à celui d'en face. Au stand de tir de la Foire du Trône, il ne manquait aucune des pipes en terre cuite du tourniquet infernal. Un cauchemar pour les forains. Pour les malfrats itou.

Il pensa à Odilon. Le pape de la pêche au bar avait fini sa vie comme un marin de lande, noyé au fond d'un port, le visage tuméfié par les chaînes d'ancre. Il savait tout des courants et des zones de stationnement du poisson, tout sur la dérive de courant préférable à la dérive de vent, tout sur les leurres souples se présentant comme de véritables proies. Tout sauf nager.

Dehors, il vérifia s'il n'était pas attendu puis il se dirigea vers la place. Le café-tabac était plongé dans le noir. Il obliqua vers le quai de Sinagots. Il passa à quelques mètres du Sainte-Anne, un Kirié à coque bleue reconnaissable à sa tête de baigneur suspendue à la bôme. Il marcha rapidement vers le môle, laissa le phare à main gauche puis dépassa la statue du Pêcheur, avant de stopper net au bord du quai plongeant dans l'eau noire.

Là, il observa. De l'autre côté du bassin, la statue de la belle Sirène luisait par moments quand une lueur s'accrochait au métal poli. Il lui trouva un air étrange, doux mais énigmatique.

Si elle avait pu parler, elle lui aurait dit pourquoi Odilon avait voulu jouer le Cupidon nocturne en se mettant nu sous la lune. Elle lui aurait dit comment le pêcheur expérimenté avait rejoint ses chères victimes à écailles dans l'eau de la mer. Ainsi le mystère aurait été éclairci et il n'y aurait plus eu d'énigme, plus d'affaire, plus de secret. Mais voilà, cette sirène restait muette. Comme une tombe. Celle d'Odilon à la terre fraîchement remuée.

Landowski jeta un regard circulaire sur les immeubles. Quelques rares fenêtres étaient encore éclairées, lumière parcimonieuse pour la plupart indiquant l'intimité feutrée d'une nuit entamée.

Dans l'appartement de la blonde à la serviette bleue,

une lampe était encore allumée. La lueur était faible. Pour lire ou pour ne pas avoir peur dans le noir ?

Tout à coup, deux étages au-dessus et plus à droite, il crut voir un éclair de lampe passer dans la baie vitrée de l'appartement qu'il occupait avec Lorraine. Il resta attentif un instant. Comme il ne remarqua rien d'autre, il supposa que c'était un reflet quelconque. Il pria le ciel pour que sa compagne fût encore profondément endormie.

Il quitta son poste d'observation pour passer de l'autre côté du bassin. Il venait d'apercevoir une silhouette qui louvoyait entre les bateaux en réparation devant la capitainerie. Rapidement et sans bruit, il atteint la zone de manutention. Il se rapprocha du mur pour ne pas être repérable et il attendit.

Pas longtemps. Une ombre se détacha de la coque plus claire d'un bateau posé sur son berceau métallique. Elle passa derrière le grillage de protection en empruntant le petit passage ouvert à l'angle. Landowski se dirigea vers la cale de mise à l'eau tout en cherchant à se dissimuler. À l'abri d'une quille, il put voir la silhouette se presser sur un ponton puis disparaître.

Il s'avança à son tour vers la rampe que l'ombre avait empruntée pour descendre vers les bateaux et probablement embarquer à bord de l'un d'eux. Il fit de même en évitant de trop chalouper son allure. Il n'avait pas envie que l'on perçût sa progression par le simple mouvement des caissons.

Il repéra sans mal le bateau qui venait d'accueillir

l'ombre discrète. Il tanguait encore un peu et une lampe allumée signalait sa présence derrière un hublot mal occulté.

Il s'agissait d'un voilier en bois verni amarré dans la dernière alvéole. Le pont semblait avoir été refait récemment alors que le roof proéminent présentait des zones lépreuses par endroits.

Landowski hésita. Après tout, il n'y avait rien de répréhensible à rejoindre un bateau en pleine nuit. Il avait eu l'impression que la personne se cachait. Elle ne faisait peut-être que faire attention à ne pas heurter une quille, une hélice ou s'étrangler dans une haussière mal lovée…

Il s'avança quand même sur l'allée en bois longeant la coque. Avec d'infinies précautions et en se tenant courbé, il put s'approcher du hublot. En prêtant attention, il perçut une conversation dont il ne put comprendre le sens. Il était trop loin et il y avait un léger clapot engendré par le mouvement naturel du ponton.

Il s'arma de bon sens et décida de quitter les lieux sans attendre. Si l'inconnu écourtait brusquement sa visite, il allait lui tomber dessus comme la misère sur le pauvre monde. Il n'avait pas envie d'être surpris surtout qu'il n'avait aucun itinéraire de fuite à part la mer. Il devait tout simplement rebrousser chemin pour retrouver la terre ferme. Et il voulait garder l'avantage.

À peine revenu à côté de la capitainerie, il se retourna un peu machinalement.

L'ombre inconnue progressait déjà dans sa direction en trottinant. Il avait eu du nez de s'en aller tout de suite. Il se cacha aisément dans cette obscurité et il attendit que l'inconnu passe. Puis il lui emboîta le pas en rasant les murs pour ne pas être repéré. Comme s'il craignait quelque chose. Landowski faisait partie de ces flics d'expérience supportant mal de ne pas avoir des yeux derrière la tête.

Curieusement, la silhouette entra dans l'immeuble où logeait le commissaire. Perplexe, Landowski stoppa net. Il attendit un peu, le temps de repérer l'étage en voyant s'éclairer une fenêtre. Rien ne se passa. L'ombre était intelligente et discrète.

Homme ou femme ? Il pencha pour quelqu'un de jeune, leste, agile. L'image n'était pas lourde et se déplaçait en glissant presque. Comme une femme.

Une minute passa. Une lampe s'alluma ailleurs. Plus bas dans l'immeuble d'à côté. La jolie inconnue ne dormait pas ? À moins qu'on l'ait réveillée.

Il conclut que son observation n'avait rien de rigoureux. Il faudrait un autre constat pour être plus sûr. La seule certitude c'était que cette silhouette ne souhaitait pas être remarquée. Sa sortie n'avait donc rien d'une promenade banale.

Il rentra dans l'appartement comme un monte-en-l'air. Il se déshabilla dans le séjour en faisant bien attention de ne pas heurter son arme contre la table. Il rejoignit la chambre et déposa ses vêtements sur la chaise libre.

Il se rapprocha du lit et il posa délicatement son arme sur la table de nuit. Il ne dormait jamais loin de son calibre, même si ce geste de précaution intriguait sa partenaire. S'il dormait seul, il la plaçait sous l'oreiller. À la manière des malfrats en cavale. Il y allait de sa vie.

Lorraine était allongée sur le ventre, la tête posée sur son bras gauche replié. Elle avait remonté le drap jusqu'à son cou. Elle s'était même rapprochée du bord du lit comme pour ne pas occuper trop d'espace. Elle qui dormait si généreusement d'habitude, comme si le lit entier lui était réservé.

Landowski constata que la respiration de sa compagne était plus rapide qu'au début de la nuit. Il se coula dans le lit dans un mouvement au ralenti pour éviter le moindre heurt susceptible de réveiller la belle endormie puis, une fois allongé sur le dos, il put enfin souffler. Lorraine n'avait pas bougé.

Ses yeux s'étaient accoutumés à l'obscurité. Landowski regarda devant lui. Une chaise puis la deuxième. Des vêtements sur chacune. Une chose l'intrigua. Et une autre.

Les vêtements de Lorraine avaient changé de chaise.

Et sa paire de tennis avait fait un demi-tour !

VIII

Landowski fut réveillé aux aurores par le deux-tons d'un véhicule de gendarmerie. Au son sautant d'une façade à l'autre, il lui sembla que la voiture faisait le tour du bassin à vive allure.

Naturellement, il se précipita à la porte-fenêtre. Il s'attendait à un deuxième cadavre à brève échéance. Les inconnus avaient promis une suite macabre. Il les soupçonnait d'avoir envie de le tenir régulièrement informé. S'ils comptaient le faire marcher, il avait bien l'intention, lui, de les faire courir. Avant de les faire tomber.

De la loggia, il pouvait apercevoir la cale de mise à l'eau. Il remarqua tout de suite qu'il y avait un fourgon de pompiers arrêté en haut du plan incliné. Il était en partie masqué par des voitures de gendarmerie qui barraient l'accès comme dans les feuilletons américains.

Landowski sentit une sorte de picotement au bas des reins. Le signe habituel. Addiction et manque, l'un n'allait pas sans l'autre. Il ne savait pas pourquoi, mais ce n'était pas un hasard. Secrètement, il en ressentait un grand soulagement. Les vacances, ça le barbait grave au-delà de trois jours consécutifs. La chasse c'était son adrénaline. Se sentir bien dans sa peau au-delà du palpable. Sans trop pouvoir expliquer le pourquoi du comment. Agir.

Il n'allait même pas avoir eu le temps de s'ennuyer. Il mentirait à Lorraine pour ne pas lui gâcher son séjour. Il jouerait au vacancier cool occupé à ne rien faire. Il ferait de son mieux pour être présent, prévenant, sensuel. Oui sensuel, il n'allait pas gâcher son plaisir. Ni le sien. Lorraine méritait ça à bien des égards. Mais les affaires reprenaient. Et il ne pourrait pas s'empêcher.

Il retourna dans la chambre où Lorraine dormait encore. Il récupéra ses vêtements sur la chaise et ressortit sans bruit. Une fois dans le séjour, il s'habilla très vite. Il enfila un haut de jogging à capuche pour cacher l'arme qu'il venait de placer à sa ceinture. Il songea brièvement à ses sorties en banlieue des années auparavant. Il était le même. Il quitta l'appartement.

Une fois dans la rue, il se hâta vers l'attroupement. Les gyrophares s'en foutaient de la discrétion la plus élémentaire et léchaient les façades dans une répétition indécente. Les lève-tôt, eux, jouaient les curieux. Les chiens aussi.

Sur place, il dut montrer patte blanche à deux gendarmes qui contrôlaient les abords avant de pouvoir s'approcher de la cale. Vu le dispositif déployé, il comprit que les choses étaient sérieuses. Il allait avoir du grain à moudre. D'aucuns s'employaient à cela. Il ne se laisserait pas écraser par la meule de pierre !

Il se retourna machinalement vers les immeubles. Lorraine n'était pas sur la terrasse. La belle inconnue non plus. Le corps nu à peine recouvert de leur drap bleu, elles pouvaient rêver de lui encore un peu. Il avait d'autres chats à fouetter.

Il jeta un œil sur la mer. C'était marée basse. Le fourgon des plongeurs était stationné au milieu de la cale juste devant une plaque verdâtre. Les portes arrière du véhicule fatigué par bien des missions étaient grandes ouvertes. Deux hommes s'affairaient autour de leur équipement. Ils ne se parlaient pas. Inutile. L'expérience confère au geste une technicité silencieuse.

Sous l'eau, à une dizaine de mètres du bord, on distinguait un rectangle plus clair au-dessus d'une masse sombre et allongée. La forme d'une voiture immergée. Un camion de dépannage s'était positionné juste dans l'axe de la pente. Le conducteur déroulait lentement un câble qui allait servir à tracter l'épave. Il posa l'extrémité terminée par un crochet au ras de l'eau. Son travail s'arrêtait là.

— Qui vous a prévenus ? demanda Landowski au chef de brigade qui l'avait rejoint.

— Un navigateur qui vit sur son bateau. Un original. Un solitaire.

L'officier indiqua vaguement l'endroit sur leur droite.

— Un voilier de bois verni ? demanda le commissaire.

— C'est ça ! Vous le connaissez ?

— Seulement le bateau.

— En fin de nuit, l'homme a entendu une voiture arriver très vite puis le bruit du véhicule entrant violemment dans l'eau.

— Il est venu vérifier sur place ?

— Affirmatif. Il s'est déplacé sur le ponton. Juste avant de nous appeler.

— Il n'a entendu qu'une seule voiture ?

— Apparemment, oui.

Un plongeur vint chercher le gendarme. Landowski resta seul. Il décida de monter sur le quai du côté de la zone de manutention puis de s'approcher du ponton A. Ainsi, il se trouvait à l'aplomb de la scène. Il regarda un à un les spectateurs. L'occupant du voilier devait être là. Peut-être aussi la silhouette inconnue…

L'un des plongeurs se laissa aller en arrière. Il disparut lentement sous l'eau en créant une série de vaguelettes. Landowski suivit tant bien que mal sa lente progression vers le véhicule. Le jour encore faible et les digues conjuguaient l'ombre au présent. En fait, on ne voyait pas grand-chose de ce qui se passait sous l'eau. Ensuite, des remous et des bulles annoncèrent un brusque changement de cap de l'homme-grenouille. Un moment plus tard, il creva la surface. Il dressa l'index de sa main droite gantée de caoutchouc. Landowski pensa au film *Excalibur*. Le plongeur ôta son embout de sa bouche et il annonça, laconique :

— Un mort.

Il replongea aussitôt tandis que son collègue se mettait à son tour à l'eau. Ce dernier traînait le câble muni d'un crochet. Il s'approcha du véhicule immergé et les deux plongeurs se retrouvèrent sous l'eau au niveau de l'essieu arrière. Ils cherchèrent le point d'ancrage le plus adapté pour tirer une voiture alourdie par l'eau qui avait totalement envahi l'habitacle. Au bout de quelques minutes d'effort, ils parvinrent à enrouler une boucle autour d'une pièce du châssis. L'opération accomplie, ils refirent surface. Tandis qu'ils s'éloignaient par sécurité, le câble pouvait casser ou le véhicule chasser vers eux, le conducteur du camion de dépannage actionna son treuil. Le câble se tendit au bout de la potence placée à l'extrémité du plateau. Mais l'angle était trop important. Il imposait de soulever le véhicule au lieu de le tirer hors de l'eau. Ce qui n'allait pas être techniquement possible. En effet, le camion se souleva légèrement par l'avant puis il ripa sur quelques centimètres. Le conducteur ralentit et redonna du mou au câble. Il abaissa la potence au maximum puis il recommença l'opération. En insistant, au risque de voir le camion entraîné dans l'eau du port, il parvint à faire apparaître la voiture jusqu'à mi-portière. Le cadavre devint visible. Il était assis derrière le volant. La traction du câble vint à bout de la résistance de la masse de métal qui apparut lentement avant d'être entièrement sortie du bassin.

Gendarmes, pompiers et badauds s'immobilisèrent, le temps que l'eau qui coulait de partout retourne à la mer. Il y avait quelque chose de pathétique dans cette scène. Le câble tendu maintenait le véhicule immobile. Le niveau de l'eau baissait sur les vitres des portières. Le cadavre assis derrière le volant apparaissait peu à peu. Comme un spectre. Et le jour, se levant vraiment, donnait un coup de projecteur sur le spectacle dramatique.

Le premier plongeur s'approcha du break Volvo.

— J'ouvre la portière ? demanda-t-il au chef de brigade.

Le gradé acquiesça. Une eau grise se déversa sur la cale comme si on avait ouvert une vanne. La position inclinée du véhicule ramenait le liquide vers l'avant.

Sur un geste du gendarme, Landowski s'approcha. Il fit le tour de la voiture. Inspection préalable à toute investigation. Il ne remarqua rien de particulier. S'il y avait eu course-poursuite à la manière des auto-tamponneuses, la carrosserie en aurait gardé le souvenir. De même, si on avait joué au coup de bélier pour la pousser dans la pente. Le break avait dû glisser dans l'eau tout seul. Du moins sans heurt. Il décrivit :

— Le cadavre est ligoté. Les mains sont attachées au volant. Solidement. On a voulu qu'il soit maintenu bien en place.

Le commissaire s'approcha encore.

— Homme corpulent. En chemise et pantalon. Pas de blessure apparente. Ni au thorax, ni au visage. Yeux grands ouverts. Traits marqués par la peur. J'ouvre la portière arrière.

Elle résista puis céda dans un bruit de couvercle de gros bidon vide.

— Des vêtements, annonça Landowski. Une parka noire, une veste grise. Et un sac de voyage.

Il passa sur l'arrière du véhicule.

— J'ouvre le coffre.

L'eau n'avait pas totalement quitté ce compartiment.

— Des cachets, des sachets, des boîtes. Médicaments ou drogue. À voir.

Il s'écarta de la voiture.

— La section de recherches est prévenue ? demanda-t-il.

— Elle est en route.

Il continua sur le côté droit de l'épave. Il ouvrit la portière passager et il se pencha à l'intérieur de l'habitacle. Il observa le poste de conduite avant de toucher le levier de vitesses, uniquement la tige. Les traces d'ADN ayant séjourné dans l'eau, bonjour ! Mais il savait comment se comporter sur une scène de crime pour préserver toute possibilité d'identification.

Plusieurs séjours de formation poussée à Quantico* avaient fait de lui une sorte de spécialiste à la française. De quoi être jalousé par des collègues un peu limite. Il continua à énoncer :

— Moteur coupé. Levier de vitesses au point mort. Frein à main déverrouillé.

Il referma les portières puis le hayon arrière et il

*Base militaire en Virginie qui abrite l'école de la police fédérale américaine.

revint à pas lents vers les gendarmes. Le véhicule fut remonté un peu plus haut. Le périmètre fut sécurisé. Le camionneur bloqua les roues du break avec des sabots métalliques et il coupa le moteur de son véhicule sans détendre le câble. On allait attendre les techniciens, encore sur la route entre Plouharnel et Quiberon.

— Curieuse affaire ! dit le gendarme en rejoignant Landowski.

— En effet. Le témoin n'a pas entendu le moteur de ce véhicule entrant dans l'eau. Vu qu'il ne tournait pas !

— Et le cadavre ?

— Le conducteur, ou supposé tel puisqu'il est assis derrière le volant, est ficelé en croix de Saint-André, puis un double lien lui serre le cou, passe dans le dos, revient entre les jambes pour s'attacher aux mains et au volant. À la manière d'un ballot de coton sur les quais de la Nouvelle-Orléans !

— Mort atroce !

— Manifestement, il l'a vue venir. Regardée même.

— Que voulez-vous dire, Commissaire ?

— Les liens sont à peine serrés sur le corps. Ils n'ont pas marqué le torse. Les poignets sont intacts. Pas de lésions apparentes. Il ne s'est pas débattu.

IX

— Vous l'avez identifié, le macchab' ? demanda Landowski.

Il avait en ligne le patron de la section de recherches. La gendarmerie gardait l'affaire sur commission rogatoire du parquet. Un coup de fil de Paris avait donné des instructions pour que le commissaire divisionnaire puisse être informé de l'enquête à sa demande. Même s'il était en vacances.

— C'était un dénommé Ripert. Jossip Ripert, 45 ans, marié, deux enfants, domicilié à Puteaux. On a retrouvé ses papiers dans la poche intérieure de sa veste.

— Profession ?

— VRP multicartes.

— Il avait un point de chute sur la presqu'île ?

— Aucune réservation hôtelière à ce nom… Pas mieux dans les agences de location. On a poussé jusqu'à Carnac. Négatif.

— Un nom d'emprunt ?

— En cette saison, la rotation des locataires est quasi permanente. Les femmes de ménage auraient signalé la disparition d'un occupant. Cela dit, il pouvait être hébergé chez quelqu'un.

— Ou tout simplement de passage. Les représentants n'hésitent pas à parcourir de grandes distances. La voiture c'est leur outil de travail.

— Possible.

— Quoi de plus sur lui ?

— Vérification faite auprès de ses différents employeurs, c'était un homme sans histoires. Pas un foudre de guerre mais un bon commercial.

— Il faisait dans le médicament, c'est ça ?

— Pas tout à fait. Plutôt la parapharmacie, les médecines douces, des trucs dans le genre.

— Il avait des clients à Quiberon ?

— Non, d'après les labos que nous avons interrogés. Mais il pouvait être en prospection. Les représentants cherchent toujours de nouveaux clients. Il visitait beaucoup les cabinets libéraux.

— Infirmiers, kinés ?

— Oui et aussi les centres de soins corporels où il plaçait des produits de beauté, des crèmes etc.

— Et dans son coffre, vous avez trouvé quelque chose de particulier ?

— Non rien. Mais l'eau a dégradé les échantillons. Et donc le reste, s'il existait. Apparemment, il n'y avait que des produits en rapport avec son activité. Aussi des décoctions de plantes, des poudres d'écorces d'arbres exotiques.

— Des aphrodisiaques par exemple ?

— Ou considérés comme tels ! À voir si ça marche !

— Des comprimés de ce type également ?

— Quelques boîtes. À base de plantes la plupart.

— Il n'y avait pas de molécules actives, de vrais médicaments je veux dire ?

— Nous n'avons rien trouvé de semblable.

— Venons-en à ce Ripert. Mort comment ?

— L'autopsie a conclut à la noyade. Poumons pleins d'eau. Décompensation rapide au stade respiration zéro. Rupture du triangle CPC*. Mort instantanée.

— Mais avant, il l'a vue venir…

— L'analyse des prélèvements a été faite en urgence à l'IRCG** de Rosny. Rien de spécial au niveau résultats, Commissaire.

— Il avait pris des médocs ?

— Il était sous traitement. Anxio, antidep.

— Il a pu s'envoyer un cocktail pour en finir…

— Plutôt un pot belge pour tenir la forme ! C'est ce qu'on a identifié. Rien de mortel, bien au contraire !

— Il avait rendez-vous ?

— Pas de traces de relations sexuelles. D'aucune sorte.

— Des bleus, des ecchymoses ?

— Pas de preuves de violence ni de coercition.

— L'accident est à exclure, mais le suicide ?

— Impossible du fait des liens. Il n'a pu les nouer seul.

---

*Cœur, poumon, cerveau (jargon médical).

**Institut de Recherches Criminelles de la Gendarmerie Nationale basée à Rosny-sous-Bois.

— Action d'un tiers confirmée ?

— Plus que probable, compte tenu des constatations basiques. Cordes, frein à main entre autres. Exploitation quasi impossible à cause de l'eau.

— Conclusion selon vous ?

— Meurtre avec préméditation.

— Le parquet ?

— Va qualifier les faits dans ce sens.

— Mobile ?

— Vol exclu. Il avait de l'argent liquide dans son portefeuille. Pas mal même. Montre, gourmette. Du cher. Il ne manque rien.

— Votre avis perso ?

— Guet-apens. Règlement de compte.

— Un grain de sable ?

— Non. Préméditation. Il a été transporté. Garanti.

— Sans réagir ?

— À moins de dire qu'il a accepté de mourir, je ne vois pas d'explication. Pour l'instant.

Landowski secoua la tête et se mit à marcher de long en large.

— Il s'est laissé ficeler comme un gigot, il s'est assis derrière le volant et il a fait schuss dans la flotte ? J'ai du mal à avaler ça.

— Sauf si c'était le deal, Commissaire ! Imaginez qu'on le tienne par les c…, il a pu vouloir sauver sa famille… se sacrifier… Pas d'autre choix…

— Il n'a même pas crié !

— Du moins, on ne l'a pas entendu !

Landowski remercia le gendarme et referma son portable à clapet fourni gracieusement par l'administration. Avec obligation bien sûr d'être joignable 24 heures sur 24 !

Il soupira, se gratta le nez puis le menton. Tout cela le laissait perplexe. En voyant le cadavre assis derrière le volant du break, il pensait trouver immédiatement un lien direct avec la mort d'Odilon. Derrière la haie, on avait parlé d'une suite. Le noyé de la cale, un deuxième donc, semblait annoncer la série macabre. À part la noyade de nuit pour rapprocher les deux affaires, il n'y avait pas grand-chose d'autre. Si.

Odilon se bourrait de médicaments le soir. C'était dans le rapport. Avec des traitements en cours régulièrement renouvelés. Sur prescription. Comme bien d'autres.

Par ailleurs, les zones d'ombre étaient suffisantes pour intriguer. Dans le premier cas, il n'y avait que peu d'éléments au dossier. On avait conclu à un accident. Dans le deuxième, il s'agissait bel et bien d'une exécution, d'un assassinat, avec mise en scène soigneusement réalisée. Il ne pouvait accepter le hasard ou la coïncidence pour expliquer ça. Ou alors, il avait affaire à des criminels intelligents. Pour combien de temps ?

Il se planta devant la baie vitrée. Là-bas, auprès de la cale, des hommes vaquaient à leurs occupations. Des bateaux allaient et venaient du côté des pontons. La vie quotidienne.

Une vibration contre sa cuisse le ramena sur terre. Son portable le rappelait à l'ordre. Il avait rendez-vous avec Lorraine dans un restaurant situé face à la Grande Plage.

Il ferma l'appartement si rapidement que les clefs lui échappèrent des mains. Les ayant récupérées sur la deuxième marche de l'escalier, il dévala celui-ci comme un collégien en retard pour l'école.

Dehors, il faisait beau. Très beau même. Trop pour une affaire criminelle.

Il enfourcha le vélo de location. Lorraine avait pris sa voiture et lui, il était venu en train jusqu'en ville. Il ne détestait pas ce mode de déplacement. Le deux-roues c'était l'idéal à Quiberon. Comme sur l'île de Ré qu'il avait visitée deux ans plus tôt pour une autre affaire.

Il passa devant le bassin où Odilon avait trépassé, puis il remonta la rue de Port Haliguen jusqu'à l'église. Il tourna à gauche. Il descendit vers la place Hoche où il abandonna le deux-roues soigneusement protégé par un antivol. Il traversa le parking servant de rond-point et arriva face à la mer. L'ombre bleutée de Belle-Île fermait le décor.

Lorraine était adossée au garde-corps récemment refait. Elle jouait la star avec ses lunettes de soleil et ses vêtements trop courts de partout.

— Qu'est-ce que tu suces ? lui demanda-t-il.

— Une Niniche ! À Quiberon, tout le monde en suce !

Elle tendit le sachet de plastique.

— Tu en veux une ?

— Tout à l'heure. Pas de bonbon avant de déjeuner, c'est un coup à se couper l'appétit. Ma mère me le disait tout le temps !

— C'est drôle…

— Qu'est-ce qui est drôle ?

— On n'imagine pas qu'un commissaire divisionnaire peut avoir eu une maman !

Landowski la regarda étrangement. Sans rien dire, pendant des secondes qui parurent des heures à Lorraine.

Enfin, il ajouta :

— Et je ne suis pas très sucré !

— C'est simple, tu n'aimes rien !

— Si !

— Moi ?

Il ne répondit pas.

Il traversa la chaussée et lui fit signe. Elle le rejoignit. Ils s'installèrent en terrasse, au plus loin de l'entrée pour être plus tranquilles. La première chose que fit Landowski ce fut de tourner la petite table façon losange pour qu'ils puissent s'asseoir côte à côte et regarder la mer.

— Le geste est habituel chez toi. C'est ici que tu as appris à le faire ?

— Comment ça ?

— Ici. En compagnie d'une autre femme…

— Ne commence pas, tu veux !

Lorraine posa sa main sur le bras nu de son compagnon. Landowski proposa :

— Tu veux boire un Américano ?

— C'est ce qu'elle prend d'habitude ?

Il la regarda. Elle accentua la pression de ses doigts sur la peau bronzée.

— J'arrête, dit-elle dans un souffle.

Ils restèrent silencieux jusqu'à l'arrivée du serveur. Lorraine observa avec attention. Elle voulait vérifier si le commissaire avait ses habitudes dans ce restaurant. Elle ne fut pas déçue.

— Je comprends que tu aies souvent choisi cet endroit pour boire un verre ou manger un morceau !

— Ah oui ?

— On y voit des passantes agréables à regarder.

— Il y en a pour tout le monde. Toi, tu peux reluquer les mecs.

— T'inquiète ! Je ne vais pas m'en priver !

Devant l'apéritif servi rapidement, ils se détendirent l'un et l'autre. Le moment était agréable. Il faisait beau. Il y avait de l'animation sur la corniche avec les promeneurs et, sur la mer, avec le va-et-vient des bateaux pour Belle-Île.

Lorraine touilla son cocktail.

— J'ai passé un coup de fil, dit-elle, comme si elle énonçait une banalité.

— Tu as fait quoi ?

— J'ai téléphoné à la boîte !

— Tu t'ennuies ?

— Comme toi ! Non, je voulais en savoir plus sur ce Jossip Ripert. Ils ont parlé de cachetons douteux dans le journal. Genre trafic. La section C, la mienne, s'occupe de la criminalité organisée.

Landowski protesta :

— Le Parquet de Paris n'a pas autorité à Quiberon !

— Sauf si on fait en sorte de relier les affaires, Commissaire !

— La DCRI n'a pas besoin de ce genre de combine. Elle est habilitée à intervenir partout !

— Attends ! Votre direction a bien du mal à se mettre en place. Je ne vous vois pas élucider des affaires avant que chacun ait trouvé ses marques, repéré la machine à café. Et la nana qui n'en porte pas. La routine quoi !

Landowski ignora les flèches acérées. Cela ne l'étonnait pas. Il commençait à avoir l'habitude.

Il continua quand même :

— Regrouper DST et DRG, ce n'est pas une mince affaire ! C'est comme dans une grande famille. Il y a toujours des cadavres dans le placard ! Difficile de mettre tout le monde d'accord !

— Et ils sont venus te chercher pour faire ça ?

— Pas tout seul. Mais on s'éloigne là, on s'éloigne…

— Puteaux c'est en région parisienne. La femme de Ripert est originaire de Calabre. De San Luca plus exactement.

— Et alors ?

— Ce patelin de bergers est considéré aujourd'hui comme étant l'un des principaux centres du trafic international de la drogue.

— Waouh ! C'est du lourd !

— Comme tu dis ! Chez eux, ce n'est pas la Cosa Nostra mais la 'Ndrangheta.

— Qui veut dire héroïsme et vertu, je connais.

— Les Colombiens leur ont confié un tiers du trafic de la cocaïne dans le monde. Les autres activités maffieuses font tout autant partie de leur fonds de commerce.

— Tu as potassé le sujet ou quoi ?

— Je lis les rapports qui passent sous mes yeux, moi !

— Parce que dans la police, on ne sait pas lire peut-être ?

— Vous vous lassez plus vite ! Surtout les hommes !

— C'est ma fête comme d'hab' ! Et quoi d'autre ?

— À la naissance d'un Calabrais, le père pose une clé et un couteau dans le berceau. Si l'enfant touche la clé en premier, c'est qu'il sera flic. S'il touche le couteau, l'honneur est sauf. Il sera 'ndranghetiste.

— Bien, M'dame !

— Tu rigoles, tu rigoles…

— Selon toi, la mafia calabraise serait dans le coup ?

— Ripert voyageait parfois en Europe.

— Pour un commercial, c'est assez normal ! Sauf qu'il n'était qu'un VRP vendant des crèmes anti-âge et de l'élixir parégorique ! J'ai du mal à le voir en narcotrafiquant !

— Justement !

— Ce qui te fait penser qu'il avait une excellente couverture et qu'il trafiquait de la dope en province ?

— Pourquoi pas…

— Et le dealer endimanché a fait une faute. L'organisation en a pris ombrage et on l'a saucissonné à l'ancienne avant de le pousser à la flotte ?

— C'est comme ça que je peux voir les choses.

Landowski resta dubitatif.

— Avec des indices, des preuves à l'appui ?

— Un faisceau d'éléments et une intime conviction.

— Comme par exemple ?

— Son activité, l'exécution de nuit, les cordelettes en croix. L'absence de témoins. Le silence.

— C'est tout ?

— Bien sûr que non ! Quiberon, c'est sur le littoral. Qui dit mer dit bateaux !

— Et importation clandestine ?

— Facile de réceptionner la marchandise à Port Haliguen.

— Sauf qu'il n'y avait rien de semblable dans son coffre ! Tu ne vas pas un peu loin avec ton idée de trafic international passant par Quiberon ? C'est un peu délire, non ?

— Ce Ripert, il n'avait pas à être là. On est d'accord ?

— Pas d'hébergement connu ni d'affaire en cours, c'est exact.

— Sauf qu'il devait avoir une bonne raison de se promener la nuit.

— Surtout en costard !

— Il avait bien rendez-vous ?

— On dirait !

— Tu vois bien. Je proposerais bien un dessaisissement de la gendarmerie, moi !

— Au profit de qui ?

Landowski tenta de réagir. Voire de protester. Il n'en eut pas le temps. Ils furent contraints d'interrompre leur conversation. Le serveur apportait le plateau d'huîtres qu'ils avaient choisi en entrée. Il avait l'habitude de servir sur ces tables minuscules. Il disposa tout le nécessaire pour le déjeuner sans perdre la moindre place tout en ne rendant pas l'exercice difficile. Avec quelques mots gentils, le tout passa comme une lettre à la poste. Il avait à peine fait demi-tour que deux femmes s'approchèrent. Le serveur les plaça sur la table d'à côté et il promit de revenir très vite avec le kir qu'elles avaient commandé sans attendre.

Du coin de l'œil, Landowski les observa. La plus apprêtée était assez âgée. Elle était vêtue de bleu des chaussures au bandeau qui retenait ses cheveux faussement blonds. L'autre était plus rondouillarde, un peu plus jeune aussi, les cheveux noirs en choucroute, les vêtements camel et brun.

Remarquant l'attitude de Landowski, la femme

blonde inclina la tête par civilité. Le commissaire se fendit d'un sourire qui n'échappa pas à Lorraine. Elle se tourna vers la table voisine.

— Bonjour, dit la dame en bleu. C'est un joli temps pour déjeuner en terrasse, vous ne trouvez pas ?

— Tout à fait. C'est très agréable !

— Surtout que vous êtes bien accompagnée !

La brune réagit au quart de tour :

— Mais enfin Josie ! Ce ne sont pas tes affaires !

— J'ai le droit de dire à cette jeune femme que son compagnon est un bel homme !

La copine protesta :

— Elle doit bien le savoir ! Et elle n'a pas besoin de ton avis !

— Elle a de la chance. J'ai une certaine expérience en la matière !

Elle se pencha davantage.

— Profitez-en ! dit-elle à Lorraine.

La brune lui tapa gentiment sur l'avant-bras pour l'inciter à davantage de retenue.

— Et ensuite vous avez choisi quel plat ? demanda Josie Blue en montrant les huîtres. Parce que nous, hier, nous avons pris quelque chose que je n'ai pas aimé.

— À cause du curry ! expliqua la brune.

— C'est ça, le curry ! dit Josie. Je n'ai pas le goût de l'exotisme… dans les plats. Et vous ?

Lorraine répondit :

— Un peu de piment ne me rebute pas !

Elle jeta un coup de menton en montrant Landowski.

— Comme je vous comprends !

La brune fronça les sourcils.

— Josie, tu arrêtes, hein ! Sinon, je te plante là !

— Je trouverai bien de la compagnie ! Il n'y a que l'embarras du choix !

Elle se pencha une nouvelle fois.

— N'est-ce pas ? dit-elle à l'attention de Lorraine.

La conversation s'interrompit. Le serveur apportait deux salades géantes. Il les plaça devant chaque convive en veillant à tourner l'assiette sur le côté le plus large de l'ovale. Puis il disparut.

— Il est parfait, ce petit ! jugea Josie Blue en se levant.

En passant, elle s'adressa à Lorraine :

— Et vous êtes bien servie !

Landowski la regarda longer la rangée de tables d'un pas hésitant, puis il se consacra à son déjeuner. Lorraine avait déjà attaqué le saumon fumé. Comme souvent quand on commence à manger, il y eut un court silence. Chacun jauge ce qu'il va devoir absorber. On se donne du courage, on laisse monter l'envie. Couleurs et parfums préparent le goût qui va s'épanouir en bouche. Après quelques lentes bouchées pour délier les papilles, Landowski but une gorgée de vin blanc. Il jeta un œil sur l'autre table. La femme brune semblait apprendre un à un le nom des plats de la carte. Il regarda Lorraine qui mangeait de bon appétit.

De l'autre côté, les tables étaient toutes occupées. Sur le bord du trottoir, une équipe de cinéma déjeunait bruyamment. Il avait reconnu un comédien de la troupe.

Josie Blue, il l'avait surnommée ainsi pour cause de couleur dominante, sortit du restaurant et revint vers sa table. Elle avait le pas plus sûr. Landowski la soupçonna d'avoir usé d'un petit remontant en longeant le comptoir. Elle passa devant le couple en esquissant un petit geste de la main. Avant qu'elle ne reprenne sa place, elle déplaça le siège. Landowski remarqua que Josie avait le rideau pris dans la fenêtre. Il regarda ailleurs. Devant lui.

Les promeneurs se suivaient et se croisaient à un rythme soutenu. Sauf une femme assez grande, plutôt jeune, portant des lunettes de soleil. Elle était adossée à la rambarde, à l'endroit même où se trouvait Lorraine tout à l'heure. Son tricot marin porté court dévoilait son nombril.

Elle aussi semblait attendre. Attendre ou observer ?

Landowski voulut en avoir le cœur net. Il la fixa. L'inconnue tourna rapidement la tête puis les talons avant de se perdre dans le flux des promeneurs. Mais juste avant, elle leva le bras. Un salut.

C'était bien lui qu'elle regardait.

X

Je l'ai regardé s'installer en terrasse. J'ai même souri de le voir si prévenant pour sa compagne. Il a eu des gestes simples, d'autres discrets. La femme n'a rien remarqué comme si cela lui était dû. En tout cas, elle n'a pas fait mine d'apprécier.

Moi, je lui en veux pour son indifférence. Elle l'a et elle trouve ça si banal ! Elle ne connaît pas son bonheur. Il se donne. Il pourrait se contenter de se prêter, lui qui est versatile.

De la confiture aux cochons !

La copine en question, je l'aie vue faire le pied de grue en marchant de long en large devant le restaurant, une Niniche à la bouche comme une jeune fille boudeuse. En d'autres lieux où la largeur de trottoir est tarifée, elle aurait trouvé un CDD plutôt bien rémunéré. Je suis vache. Elle est belle. Justement.

Elle avait belle allure dans ses fringues volontairement étriquées, inversement au prix de vente. Et belle mine, certainement revue et corrigée par les mains expertes des professionnels de la thalasso. Elle a les moyens, elle. Je lui ai trouvé des mollets gracieux, ni trop lourds comme certaines femmes plus rondes ni trop secs comme ces mannequins efflanqués des magazines.

Elle est attentive aux regards qui se posent sur elle. Un moment, elle a délivré le sien de la prison des verres teintés où elle les confinait. Comme si quelque chose venait de se passer. Une image furtive peut-être. Un regret.

Je n'ai pas bien vu ce qui s'est produit.

On m'a confié que la compagne du commissaire a usé de sa liberté pour d'autres rencontres. Pour un peu, le superflic aurait trouvé la place vide en se pointant au restaurant.

Mais non. Elle n'a pas plié les gaules pour aller à la pêche plus loin. Elle a continué à attendre son fameux commissaire qui ne pouvait pas être à l'heure.

Toute cette affaire le préoccupe, lui le flic en vacances, et l'accapare. Je le suppose. Il n'en sait rien encore, mais elle va le bouffer, le becqueter de l'intérieur. Et le détruire.

J'espère dur comme fer qu'il va y laisser sa fonction et sa réputation. Lui prendre la vie serait la cerise sur le gâteau. Je jubilerais de suivre la cérémonie officielle des obsèques du flic de choc mort en service. Certes, j'aurais la larme à l'œil. Quand un adversaire succombe, on salue sa mémoire. Mais que de satisfaction de le voir terrassé comme un géant vaincu qui mord la poussière !

Il a fait du mal, il doit payer.

Elle, sa compagne, elle est plutôt belle. Elle sait se

mettre en valeur. Elle a ce qu'il faut pour ça. On ne sait si d'autres en profitent. On ne sait pas vraiment si l'un a l'autre dans la peau et vice-versa. On n'a pas de nouvelles du fond des choses.

D'après ce que j'ai glané ici ou là, ils ont des rapports parfois tumultueux tous les deux. Leurs routes divergent, leurs sentiments aussi parfois. Elle sait ce qu'elle veut. Lui, c'est tout le contraire. Par hasard ou par nécessité. Il y a donc tous les ingrédients pour faire une soupe. À la grimace.

Ce serait mieux qu'il y ait un grand amour caché sous le boisseau. Quand le flic va se prendre les pieds dans le tapis et trébucher, l'amante en sera meurtrie. Qu'elle endure un peu, ça lui fera du bien. Et si elle pleure, elle pissera moins !

Je me prends à sourire de mes réflexions. J'y trouve du plaisir. Je n'en ai pas si souvent que ça. De toute façon, je n'aime pas le bonheur. Je ne sais pas ce que c'est. À chaque fois que je l'ai approché, il s'est enfui bien vite pour ne jamais revenir. Il n'y a guère que mes propres doigts à caresser ma peau.

Lui, ce Landowski, aurait été mon type si je l'avais rencontré assez tôt. Et pas dans ces circonstances ratées qui ont fait d'un sentiment positif une pulsion de haine incroyablement puissante au point de me pousser au crime. À la vengeance.

C'est vrai. Il est solide, étrange, ténébreux. Il aurait su être protecteur, charmeur, rassurant. Je n'ai pas croisé son chemin assez tôt pour éviter l'irréparable.

Bien sûr, il a préféré une autre. Comme tous les hommes.

Maintenant, il y a les deux vieilles belles qui lui font la conversation. L'autre tout en bleue a l'air de planer un max. Sa copine suit le mouvement. À croire que c'est une dame de compagnie qui doit tout endurer, subir et supporter avant de caresser les billets à travers le papier de l'enveloppe. Et de souffler enfin.

Forcément qu'elle le trouve à son goût, la vioque en bleu ! Du beau mâle comme ça, elle n'en a pas tâté depuis un moment. Elle tente sa chance pour peu qu'il soit escort boy au noir. On peut toujours s'arranger si on allonge la monnaie avant de demander à l'invité de le faire aussi.

Avec l'âge, on croit parfois que l'argent peut gommer les rides, effacer les crevasses et retendre la peau. Ce ne serait pas normal d'empêcher les pauvres d'accéder à une seconde jeunesse. À moins de le leur laisser croire tout simplement. Tout comme Odilon !

Je n'ai eu aucun mal à le ferrer celui-là. Pourtant, le pêcheur, c'était lui. Quand j'ai su qu'il était en cheville avec Landowski, j'ai tout de suite compris que je n'étais pas loin du but. Je tenais un maillon essentiel. Il me suffisait de le briser pour lancer la machine. Le flic apprécierait mal qu'on lui ôtât la possibilité d'aller en mer à la pêche au bar… Et son atavisme policier prendrait vite le dessus…

J'avance un peu et je stoppe en face de l'agence immobilière. Je fais mine de contempler la mer. Ici, tout le monde flâne, se promène et se donne à regarder. Surtout les femmes. Je fais pareil.

Je m'adosse au garde-corps tout neuf. Le serveur vient d'apporter deux apéritifs à la table du commissaire. De l'endroit où je me trouve, je ne peux pas en dire davantage sauf que le contenu du verre est sombre. Tout cela pour faire remarquer qu'il ne lui a même pas offert une coupe de champagne !

Odilon avait vite compris qu'une jeune femme qui s'intéressait à lui, c'était plutôt inespéré. Il ne faisait que quelques brèves ablutions dans la semaine avant de se frictionner à l'eau de Cologne le samedi. Il ne se rasait que ce jour-là. Il ne changeait ses vêtements que ce jour-là. Les rites étaient immuables depuis des années. Comme je n'avais pas l'intention de le laisser faire ce qu'il supposait être dans sa possibilité d'homme, je n'avais cure de ses pratiques hygiéniques. Ce que je voulais c'était entrer dans le cercle des relations du vieux pêcheur afin de le connaître un peu mieux avant de le conduire à l'apothéose. L'entrée en jeu de Landowski était à ce prix.

Il pérore avec la vieille en bleu et ça m'agace. Il n'en a donc jamais assez de ces importunes ? Surtout que celle-ci ne peut faire figure d'opportunité ! Il n'est pas du genre à boire la soupe dans les vieux pots !

J'aimerais l'entendre, l'approcher de plus près sans qu'il ne s'aperçoive de quoi que ce soit. Pour qu'il soit en danger. La victime n'a pas à connaître son destin trop tôt. Il faut laisser l'illusion au destin.

Odilon a entendu le chant de la sirène. Il a joué à Icare et il a pris… son dernier bain. Un comble pour un homme qui ne concevait l'eau que pour flotter dessus !

Il a cru aux boniments que je lui ai susurrés comme des caresses. C'est vrai que j'ai fait fort. Il s'est gavé de produits-miracles dans l'espoir de devenir un amant merveilleux. Il a vu la porte de l'Éden s'entrouvrir au bord du bassin. Il a voulu entrer nu dans le paradis. Et c'est l'enfer qui l'a accueilli !

Quel benêt de croire à ces balivernes, de ne plus discerner une personne vivante d'une statue, d'espérer une copulation extrême quand on n'a même plus le souvenir de comment cela se passait !

C'était le plan. Je n'y ai rien changé.

J'ai envie, là maintenant, d'aller m'asseoir à la table du commissaire et de lui couper l'appétit en lui racontant comment le vieux loup de mer a cru en moi au point de vouloir voler au-dessus du bassin pour me rejoindre.

Au début, j'ai pensé qu'il ne le ferait pas. Il manquait quelque chose pour le décider. J'ai fait un pas pour m'approcher de la lumière. J'ai vu qu'il réagissait à ma féminité éclaboussée d'or. Sûr que l'image était belle. J'ai alors compris qu'il avait déchiré son bulletin de naissance.

Il avait les jambes maigres et arquées, une peau fripée et un sexe ridicule. C'était un vieil homme voûté et fatigué. Dérisoire.

Je n'ai pas voulu attendre encore. À mon geste d'invitation, il a répondu. En faisant le grand saut.

Et Landowski, de l'autre côté de la rue, me regarde, me fixe même, comme s'il se doutait de quelque chose.

J'ai envie qu'il sache, qu'il ait une certitude. De quoi se poser des questions jusqu'au bout de la nuit.

Avant de disparaître, je fais un geste. Une sorte de salut, d'au revoir.

Je lève le bras.

Pour lui seul.

XI

— Dis, Lando, tu aimes les confitures ?

Le commissaire se retourna sans lâcher le sac en plastique qu'il tenait à la main. Ils n'étaient pas si nombreux à l'interpeller ainsi. S'il avait eu un doute, un sentiment d'incertitude ou de risque, il aurait déjà sorti son arme passée dans la ceinture du pantalon à la manière des petites frappes de banlieue.

— Je ne déteste pas, dit-il avec simplicité. Surtout quand elles sont d'extrême qualité.

Jim Sablon lui faisait face. C'était un collègue de longue date devenu un ami. Au cours d'une opération difficile à Grigny, il avait sauvé la vie de Landowski. Depuis, ils avaient riboulé ensemble avec plus ou moins de réussite mais toujours beaucoup de bonheur.

— Et celles-ci le sont ?

Landowski répondit en pérorant comme un bavard aux Assises :

— Mon cher Jim, je viens de les acheter à la Cour d'Orgères ! C'est le nec plus ultra de la confiture !

— Le commissaire divisionnaire tartinerait-il en cachette ?

— À l'occasion, mais ce n'est pas pour ma conso perso.

— C'est pour Lorraine ?

— Pas seulement, figure-toi ! Je ne l'ai pas oubliée, je lui ai pris un truc chocolat-mandarine, mais j'ai fait aussi un achat clin d'œil.

Il leva le doigt façon Samuel Pinkerton.*

— Un pot de confiture de courgettes ! J'en connais un qui va être content quand il va ouvrir le paquet-cadeau !

Ils firent quelques pas sur le quai. Landowski avait fixé rendez-vous à son camarade sur le port d'Orange à Saint-Pierre-Quiberon. Il avait souhaité remonter un peu dans la presqu'île par souci de discrétion. L'affaire en cours lui paraissait déjà tordue. Une idée comme ça, venue de l'expérience et de son parcours. Il ne voulait pas rajouter au risque et au trouble en s'affichant à Quiberon même avec un inconnu fleurant trop la flicaille. Lorraine aurait moyennement apprécié.

Jim Sablon passa à autre chose.

— J'ai lu tes derniers exploits, lança-t-il.

— Tu parles des artificiers du Lot ?

— Ben ouais !

— Mission Spé, cotée MAM 46. J'ai été mis sur ce coup par le vice proc du Parquet de Paris, chef adjoint de la section antiterroriste.

— Un collègue à Lorraine, non ?

— Exact.

---

*Lire les enquêtes du détective Pinkerton, collection Pol'Art.

— Ils avaient un tuyau ?

— Un bon venant d'Espagne. L'autre fois, on a raté Soledad, la responsable des commandos. Elle a été serrée ensuite avec son mec.

— Et ceux-ci ?

— On les a chopés sans violence à zéro six cents.* Trois hommes et une femme. Le salon servait de laboratoire. Trente détonateurs et une bombe ventouse Lapa contenant cinq cents grammes de pentrite. En plus, deux chauffe-eau aménagés et dotés d'un détonateur.

— Z'étaient connus, les etarras ?**

— Des spécialistes des attentats à la voiture piégée. Les chauffe-eau c'était pour ça.

— Tu as encore fait des jalminces !

— J'aime quand ça grince !

— Je ne t'ai pas dit… lança Jim tout à coup.

— Dit quoi ?

— Que je quitte Marseille, peuchère-re !

— Tu n'y es déjà pas souvent à l'Évêché.*** Qu'est-ce que ça va changer ?

— Je suis muté à Paris !

— Mais tu ne voulais plus, fut un temps.

Le collègue haussa les épaules.

— C'est vrai, mais j'en ai ma claque du Sud. Il fait beau à pleurer et le soleil se couche trop tard. On

*Six heures du matin (jargon militaire).
**Membres de l'ETA.
***Surnom donné à l'hôtel de police de Marseille.

bouffe des grillades sur la plage et on s'tape du rosé au cubi !

— Et tu n'aimes pas ?

— Je n'aime plus ! Je rêve de bœuf miroton, de tête de veau à la sauce gribiche arrosé d'un coup de rouquin soutiré au tonneau du bougnat !

— Effectivement, tu rêves ! Les bougnats sont repartis là-bas ou partis partis. Il te reste l'Arabe du coin pour faire tes commissions.

— Tout pareil pourvu qu'il y ait de la lumière tard. J'ai peur du noir !

— C'est parce que t'es seul ! En planque l'autre fois, tu parlais d'une bourgeoise désœuvrée fonctionnant au porto et à la crème Chantilly. Mets-toi en ménage avec !

Jim se contenta d'un sourire en coin qui intrigua le divisionnaire.

— Tu as trouvé quelqu'un ? demanda Landowski.

— P'têt !

— Ben, tu vois ! Tu ne voulais plus…

— Engraisser le julot, ça non ! Cette fois, je drive. Tu verras, elle te plaira !

— Et tu vas émarger à quelle crèche ?

— Je retourne au 36* !

— Bien joué Callaghan !

Jim posa la main sur le bras de son ami. Ils s'arrêtèrent à la hauteur d'un bar.

---

*36, Quai des Orfèvres.

— Tu sais, Lando, c'est à Lorraine Bouchet, magistrate au Parquet de Paris que je le dois !

— Elle t'a renvoyé l'ascenseur. Tu lui as rendu service sur l'affaire de La Rochelle !

— Tu dis ça avec une pointe d'aigreur. Je te comprends mais j'étais obligé.

— Tu sais qu'elle a dû s'expliquer sur ce coup-là. Moi, j'ai cartonné à Carantec*. Ils m'ont foutu la paix ensuite. Obligés ! Jusqu'au jour où…

— Il m'arrive d'avoir peur pour toi. Des fois, t'es un peu fondu. Autant que les branques qu'on fait aux pattes. Il faut te border pour éviter que tu fasses des conneries !

Landowski reprit la promenade.

— Je ne te reproche rien mais…

— Mais ?

— Cette fois, tu vas fermer ta trappe et jouer à l'innocent. Je ne veux pas que Lorraine apprenne quoi que ce soit !

— T'inquiète ! La miss ne saura rien de nos manigances !

— Sans rigoler, hein ? Si tu me plantes, je ne te cause plus. Jamais. Vu ?

— Vu. Mais tu es duraille avec le petit personnel. Je vais pas laisser les malfaisants te niquer le burnous. J'ai ma dignité !

— Laisse Lorraine en dehors de tout ça !

---

*Lire *Le moine rouge de Carantec*, même auteur, même collection.

— Tout ça quoi, d'abord ? Tu m'invites à me promener sur un port comme un retraité qui se fait tartir auprès de bobonne qui sucre les fraises. Tu balances des pots de confiote dans un sachet plastique au bout de ton bras comme un gamin qui rentre de la communale et tu ne me dis rien. Accouche…

— …Ça ira mieux après ! Je t'ai entendu le dire mille fois aux suspects que tu chambrais dans ton bureau.

— La formule a eu du bon. Ils ont souvent craché leur Valda pour éviter que je leur en colle une !

Landowski contempla ses godasses.

— Je viens de me faire embarquer dans une affaire à la noix.

— Dans la Grande Maison, tu passes pour être le spécialiste des coups tordus. Donc rien d'étonnant ! Ensuite ?

— J'avais un copain pêcheur à Port Haliguen. Il m'emmenait traquer le bar quand il était décidé.

— Et alors ?

— Il s'est noyé.

— Voulait être poisson, ton gazier ?

Jim comprit un peu tard qu'il ne fallait pas rigoler avec ça.

— Scuses ! Il voulait se macchaber ?*

— Je ne crois pas à son suicide. J'ai tout lieu de penser qu'on l'a balancé à la flotte.

---

*Se suicider (argot.)

— Les affaires continuent pendant les travaux !

— Depuis, on a retrouvé un autre noyé sagement assis derrière son volant et saucissonné à l'ancienne. À cent mètres à vol d'oiseau. J'ai horreur des coïncidences !

Jim s'arrêta.

— Mais qu'est-ce que tu fous là-dedans ? Y a des képis dans le coin pour s'occuper de ça, non ? T'es au vert ! Laisse quimper !

— Je crois entendre Lorraine, l'argot en moins !

— Elle a raison, Madame le juge. Attends ! Tu files le parfait amour avec une gracieuse qui doit pas être serrée de la boîte aux lettres. Tous les mecs rêveraient de lui rouler un sushi à s'échauffer la terrine et voilà que tu envisages de la délaisser pour jouer à flic et voyou en matinée ! Acte 3 scène 5, les mêmes !

— C'est que j'avais prévu une sortie en mer, moi !

— C'est pas une raison pour nous jouer Jules Maigret aux bains de mer !

— Justement si ! Lorraine a téléphoné à sa boîte. En haut lieu, on miserait bien sur un trafic de drogue. La femme du deuxième macchab serait calabraise. Le coffre du mari était bourré de médocs byzantins. On est partis comme en quarante. En avant nous autres !

— Tu sens l'embrouille, c'est ça ?

Landowski fit la grimace.

— Comme qui dirait…

— Et je fais quoi, moi ?

— En rentrant à Paris, tu vas aux sommiers et tu serres la paluche à Francis de ma part.

Jim plissa les yeux. Il avait compris.

— Et je lui demande quoi au Boiteux*?

Landowski esquissa un sourire en lui tendant une carte de visite.

— J'ai tout marqué là-dessus. Il comprendra.

— Ensuite, je t'appelle…

— Tu es en route pour Lorient et Vannes là ?

— J'ai la prépa de mon congrès syndical avec les collègues de la région, des rencards avec la gendarmerie pour des questions de personnel. Ensuite, je file vers le Finistère, Pont-L'Abbé. Il y a une AG de l'orphelinat de la police. Tu sais que je suis administrateur d'Orphéopolis.** Je dois prendre la parole et…

— N'en jette plus, ça me suffit ! Tu as les entrées nécessaires. Je compte sur toi pour fouiner dans ces deux dossiers.

— Tu pourrais te rencarder aussi bien que moi. T'es divisionnaire à la DCRI ! Excuse-moi du peu !

— Justement je ne veux pas que ça se sache !

Jim renifla un bon coup.

— Tu as encore les foies à cause de Caral et surtout de ce Lonserand ?

— Ils m'attendent au coin du bois, je le sais bien.

— Les stars c'est toujours comme ça !

---

*Lire *Traque noire à Audierne,* même auteur, même collection.

**Orphelinat Mutualiste de la Police Nationale.

— Mais ces fans-là ne veulent pas d'autographe…

Landowski afficha une mine plus grave.

— J'en ai marre qu'on cherche à me mettre un fil à la patte, la corde au cou et des bâtons dans les roues. À chaque fois, il faut que je ramène un bonus pour qu'on me foute la paix !

— Maintenant, tu as signé à Levallois* pour la saison. Tu vas avoir droit au Secret Défense. Autant dire que tu deviens intouchable !

— Mais si la chasse continue…

— Tu files chez les bœufs** ! Divisionnaire, tu fais le ménage. Tu dégages Lonserand et le tour est joué.

— Ou je rends ma plaque !

Jim roula des yeux.

— Tu quitterais la police ?

— Pourquoi pas ?

— Sauf que tu ne sais rien faire d'autre !

— Justement, je ne ferais rien !

Sablon secoua la tête en soupirant :

— Mon pauvre Lando, tu t'ennuierais ferme dans le civil ! Comme un rat mort, j'te dis ! Avoir des ennemis c'est la certitude d'exister !

— Je veux être ému par l'ordinaire !

— En taquinant la framboise ou en allant chercher ta baguette tous les matins ?

— Les deux, mon colonel !

---

*Le siège de la DCRI a été installé à Levallois-Perret.

**Surnom donné aux fonctionnaires de l'Inspection Générale des services, la police des polices.

— Et le reste du temps ?

— Je voyagerais. Pas seul hein ! J'irais à Tombouctou lire les manuscrits oubliés ou à Lhassa pour faire tourner les moulins à prière.

— S'il en reste depuis Mao !

— Et après les Jeux Olympiques…

— Et sinon ?

— Alors ce serait Zanzibar !

— Et nous, tes potes, on attendrait une carte postale…

— Ou un faire-part…

— C'est gai !

— Je suis comme ça ! La maladie me file le trac, mais la mort me rassure. C'est la chose la plus prévisible et la plus inévitable.

Ils firent demi-tour sans parler. L'avenir les télescopait l'un et l'autre. Pas pour les mêmes raisons.

Quand ils arrivèrent sur le petit parking où Jim Sablon avait garé sa voiture, Landowski rompit le silence.

— Je voudrais aussi que tu me fasses une copie des rapports de la découpe des deux cadavres.* Si tu peux.

— Tu sais bien que je vais pouvoir. Sauf qu'on va me voir venir avec mes gros sabots !

— Ils n'oseront pas.

Jim rigola sous cape comme un collégien pris en faute. Il fit quelques pas encore avant de demander :

*Autopsie (argot).

— Tu vas chercher les rapprochements ?

— M'est d'avis qu'il y a un lien !

Landowski regarda ailleurs.

— Tu sais que j'aime découvrir des connexions qu'on n'avait pas prévues. C'est ma liberté de professionnel, ça !

— Fais gaffe quand même à pas trop tirer sur la laisse. Le flic indépendant, c'est à la télé. Pas dans la vie !

Jim s'assit au volant. Il démarra.

En riant, il ajouta :

— Et bonjour à madame !

— Tu rigoles ! Elle me croit à la plage !

XII

Landowski se rangea. Trois quads en file indienne faisaient le tournant devant la baraque à frites. Ils passèrent en pétaradant et en fumant devant la résidence "Les Pavois". Une vieille dame se boucha délicatement le nez avec un fin mouchoir de batiste.

Un instant, le commissaire l'imagina en empoisonneuse. Il la voyait bien servir le thé à son ex-meilleur ami en ayant préalablement délayé dans le breuvage ambré un poison lent mais néanmoins mortel.

Il rêvait parfois de ces affaires surannées sur fond de jabots à dentelles et robes à cerceaux. Il posait un regard attendri sur ces enquêtes d'un autre siècle où s'exerçait la perspicacité de l'enquêteur. Maintenant, le scientifique et le technique obéraient l'intelligence propre au détective privé. Ce n'était pas une question d'efficacité. Il savait bien que l'ADN avait permis de disculper des présumés coupables qui, en d'autres temps, auraient glissé la tête sous le couperet de la Veuve. C'était par pure nostalgie.

Tout ça parce qu'il en avait sa claque des apparences si trompeuses, de ces criminels à la petite semaine qui lui pourrissaient la vie et de ces marchands d'embrouilles qui voulaient lui faire croire au Père Noël.

Et il y avait Lorraine. Il s'était dérobé de peur de s'attacher avant d'avoir mal au ventre de penser à elle. Ils s'étaient retrouvés dans la même direction mais à marcher sur un fil. Il suffirait d'un geste…

Il obliqua vers le port. Un homme manœuvrait l'élévateur à bateaux. Il s'en servait comme d'un jouet pour enfant, le déplaçant avec une dextérité remarquable.

Il quitta son poste de pilotage. Landowski s'approcha.

— Belle bête, hein ! dit-il avec admiration.

— Mon berceau, il peut soulever un bébé de vingt tonnes. Même si c'est marqué seize !

— Pas mal !

— Y a mieux ! A Lorient, y en a un qui lève trois cent cinquante tonnes. Le bateau pour Belle-Île par exemple.

— Mais une voiture coulée, vous ne pouvez pas !

— La sortir de l'eau, vous voulez dire ? Comme l'autre matin ?

— C'est ça.

— L'élévateur doit être placé horizontalement sur ses rails pour délivrer toute sa force. Attendez un peu, vous verrez le travail. Un bateau en remorque va arriver tout à l'heure. C'est une bassine pleine. Vous verrez comment on va la sortir !

— Ils y sont arrivés avec le break.

— Avec bien du mal !

L'employé le regarda.

— Mais vous n'étiez pas sur la cale ce matin-là, vous ?

Landowski joua à Judas.

— Je ne crois pas, non. Vous avez pu confondre…

— Je l'aurais juré…

— Du monde, il en passe par ici.

— Vous avez raison. Et certains sont encombrants !

Landowski le prit un peu pour lui et il s'éloigna. Il emprunta le demi-cercle maçonné menant à l'Ondine. Il croisa une jeune femme en jean et tricot marin. Il la regarda. Il lui sembla l'avoir déjà vue. Il passa devant un enchevêtrement de dragues à coquilles Saint-Jacques. Il s'approcha de la sculpture.

Elle avait des cheveux d'or. Elle était en équilibre sur une jambe, l'autre étant prise dans un morceau de filet. Elle levait les bras en direction du Pêcheur assis de l'autre côté sur un casier à homards. Elle semblait l'inviter à la rejoindre…

Il tourna autour de la statue en évitant l'anneau scellé dans le pavage. Un coup à prendre un bain forcé avec saut de carpe. Il la caressa, les fesses d'abord, puis surtout la hanche droite bien galbée. Il la trouva un peu froide.

Il revint sur ses pas. Il passa derrière une petite construction faisant abri de ce côté. Il s'arrêta. À l'intérieur, il y avait une palette bleue posée contre le mur sur la droite. À gauche, une autre palette chargée de bordures de trottoirs. Sur le mur du fond, un prénom et une croix gammée à demi effacée. Le commissaire s'approcha de l'édicule sans y entrer. Il s'accroupit et scruta le sol. Il releva des traces de pas. Idem sur l'herbe longeant le bord de la dalle. Rien ne disait que ce qu'il voyait pouvait avoir un rapport avec le saut de l'ange exécuté par un Odilon exalté. Mais…

Du fait de s'être placé en face du Pêcheur assis, l'instant d'avant, il avait subodoré un éventuel traquenard. Lequel…

Il abandonna la place, certain d'y revenir à un moment ou à un autre. Il refit le chemin inverse puis, au lieu de s'en aller vraiment, il obliqua vers l'embarcadère où s'amarraient les vedettes à passagers. Le matin et le soir, un ou deux navires étaient au mouillage. À cette heure, la place était libre. Le tour du golfe ou la balade vers Houat et Hoëdic étaient en cours.

Il s'approcha de la petite cale. Des pêcheurs, surtout des pêcheuses d'ailleurs, s'affairaient. Le commissaire s'accroupit pour admirer la godaille d'une passionnée.

— C'est quoi ces poissons ? demanda-t-il comme un béotien de la plus belle eau.

— Ben, c'est des éperlans !

Elle releva la tête.

— Savez pas ce que c'est des éperlans ?

— J'en ai mangé…

— Pas pêché, ça se sent !

Landowski resta touriste :

— Comment faut faire ?

C’est curieux comment, en jouant à l’ignare, on peut obtenir des informations précises de celui ou de celle qui sait. Le spécialiste se rengorge et étale sa science, voire confie des secrets. Bonjour, Monsieur de La Fontaine !

— Il suffit de tremper le petit carrelet et de le remonter !

Elle joignit le geste à la parole.

— Mais ce que je dois jeter pour les appâter, c’est cette bouillie-là dans le seau ?

Il désigna un mélange pâteux dans un seau à crème fraîche recyclé en nécessaire de pêcheur.

— C’est de la boette !

— Il y a quoi dans votre mixture ?

— Du sable, du pain, de l’huile d’arachide, des déchets de sardines et de la farine. Vous ne le répéterez pas, hein ! S’agit pas que tout le monde se pointe sur la digue avec le bon mélange !

— Ils aiment ça, les poissons ?

— Ils en raffolent, vous voulez dire !

— Vous les cuisez comment ?

— À la poêle. Au beurre. Un peu de sel et c’est bon comme ça. Un morceau de pain pour pousser, un p’tit blanc pour fleurir, des amis, une terrasse ombragée. Et hop, c’est parti mon kiki !

La matrone se redressa.

— C’est pas que. Mais vous me gênez un peu là ! La friture va pas m’attendre !

Landowski s’éloigna. Il remonta la petite cale puis

il alla s'accouder au garde-corps inox, à deux pas de la bigue à mâter.* De là, il pouvait embrasser les mouillages du ponton A. En cherchant un peu, il mit l'œil sur le voilier en bois qu'il avait approché de nuit. En effet, l'occupant avait pu entendre une voiture arriver. Percevoir la glissade dans l'eau c'était une tout autre affaire…

Le commissaire abandonna son poste d'observation et revint vers l'élévateur qui, justement, se mettait en place sur ses deux glissières. Un bateau, genre pêche promenade, s'approchait, tiré par un Zodiac. Il était totalement rempli d'eau et gîtait sur bâbord. Un autre hors-bord à coque semi-rigide le poussait sur l'arrière et tentait de le garder dans l'axe de l'alvéole qu'il devait embouquer.

Le commissaire remarqua les bouées, portage cent kilos, qui soutenaient le bateau en perdition.

Le conducteur de l'élévateur abaissa les sangles afin de permettre de les glisser sous la coque puis, quand elles furent correctement positionnées, il actionna le mouvement de relevage. Lentement, le bateau naufragé se redressa et l'eau commença à le quitter par tous les orifices disponibles.

Un homme du deuxième hors-bord, en tenue de plongée, monta à bord du pêche promenade.

S'adressant aux badauds, il lança en riant :

— À mon avis, le moteur est noyé !

---

*Grue, mât de charge.

Il mit en place une pompe électrique qu'il mit en marche immédiatement. Le préposé à l'élévateur sortit de sa cabine pour répondre à l'appel qu'il avait sur son téléphone portable.

— Une place pour cette nuit ?

— …

— Arrivée vingt heures ?

— …

— C'est bon. Ponton visiteurs. Au dix ! Comme d'hab' ! À plus !

L'homme revint vers sa cabine. Il allait pouvoir remonter un peu le bateau en difficulté, le poids ayant considérablement baissé grâce à l'eau évacuée.

Landowski en avait suffisamment vu. Il jeta un œil sur le groupe des spectateurs dont il faisait partie. Un regard attentif. La jeune femme en tricot marin, croisée tout à l'heure, était du lot. Il s'en alla lentement.

Il passa de l'autre côté du bassin, s'arrêta plus loin que la laverie, pile poil sur la bouche d'égout, puis il monta les quelques marches situées face à lui.

Il laissa de côté la crêperie du Vieux Port puis il déboucha dans la Cour Royale.

Il eut juste le temps d'apercevoir une silhouette qui s'escamotait et disparaissait dans une ruelle étroite. Il hésita quelques secondes avant de vouloir en avoir le cœur net. Quand il s'élança, il était certain d'être largement devancé. Son manque de réaction lui avait fait perdre l'avantage.

Quand il déboucha dans la rue de Port Haliguen, il

s'arrêta. Rien à gauche, rien à droite. Il avait perdu le contact. Il abandonna la partie.

Ce fut quand il allait tourner les talons qu'il aperçut, par-dessus les toits, une couleur qui se déplaçait en face, en direction de la rue des Douaniers.

Orange.

Comme le sweat enfilé ce matin par Lorraine.

XIII

Tiens, le voilà le grand flic dont on parle. Il vient faire son petit tour sur les lieux du crime. Je m'y attendais. Je l'espérais même pour pouvoir le côtoyer, le frôler, sans qu'il sache qui je suis. Pourquoi je lui veux tant de mal ?

Maintenant, il discute avec le gars du port. Il demande peut-être un conseil. C'est le genre à avoir un bateau. Il ne doit pas manquer de tunes pour en posséder un.

Et s'il lui demandait des trucs sur le noyé au break ? Celui-là devenait encombrant avec ses cachets-miracles. Devait crever au plus vite pour être certain de la fermer. Simple comme bonjour de lui filer un rencard. Avait bien envie de se taper une cliente. Sauf que la dite cliente n'était pas franchement d'accord. Donc accident mortel. Des fois, c'est vraiment bête un homme !

De toute façon, le commissaire n'apprendra rien ici. Il n'y a pas de fil rouge. Juste une mèche lente. Et elle est allumée.

C'est marrant, il va me croiser. Il va vers la statue, j'en reviens.

Le chemin est étroit. Tout le monde emprunte le même sentier. Comme les loups.

Il me regarde. Je le regarde aussi. C'est un homme qui ne perd pas de temps avec les femmes. Je le vois dans ses yeux. Il plonge dans les miens d'une façon indécente. Et il les dépasse pour me pénétrer sans demander la permission. C'est fou ! J'ai l'impression d'être nue au centre d'une place déserte. Vulnérable et dérisoire. Même sans velléité de sa part. Il pourrait être mon type. Si, si.

Je ralentis. C'est un jeu. Voilà, on se croise lentement. C'est fort. Presque brutal. Je sens son odeur d'homme qui m'accapare. Plus rien d'autre. À détester ou à aimer, je ne sais même pas ce que je devrais dire. Je ne me retourne pas. Si ça se trouve, lui s'est arrêté un court instant. Je sens bon.

Je le vois tourner autour de la statue. Dingue de le voir caresser les fesses de l'Ondine. Juste entre les deux. D'ici, je vois son geste insistant. Sans la moindre innocence. Puis il traîne sa main, doigts écartés, sur la cuisse de métal. On dirait qu'il a une vraie femme au bout des doigts. Elles doivent l'aimer souvent et le maudire parfois. Tout comme moi.

J'ai chaud. Partout.

Il a changé de crémerie. Il semble agacer cette femme qui pêche l'éperlan. Quand il se penche, je vois ses cuisses tendre le pantalon. Il est musclé. On ne dirait pas comme ça, à le voir. Question de proportion, de mesure. D'homme tout simplement.

Il est armé aussi. J'ai l'œil pour les proéminences. Celle-ci n'est pas naturelle. Il faudra biaiser, jouer fin. C'est le genre à faire mouche, les yeux bandés et les mains dans le dos. Avec le sourire cynique en prime.

Sauf qu'il ne sait pas, qu'il ne sait rien. Qu'il ne me connaît pas. Et que je lui concocte un avenir pourri. Pour ne rien regretter.

Je vais m'approcher de lui maintenant qu'il est en train de regarder ce bateau presque coulé. Il se penche pour suivre la manœuvre comme un badaud lambda. Je suis derrière lui, à presque lui caresser le dos. Je ne suis pas seule. Il y a bien d'autres curieux autour de nous. Mais c'est de moi qu'il se souviendra le moment venu. Ce sera le dernier.

Il m'a vue plusieurs fois depuis qu'il est revenu à Port Haliguen. C'est un flic. Il a de la mémoire. C'est un homme. Il a du désir. Il doit se souvenir de l'inconnue qui passe et qui repasse.

Il s'éloigne.

J'ai vu son regard se poser sur moi.

XIV

— Francis te fait ses amitiés !

Landowski s'avança sur la terrasse. Lorraine était partie à son rendez-vous massage. Elle avait promis un effet velours sous les doigts après un abus de crèmes gorgées d'actifs hydratants.

— Communication sécurisée ? s'enquit le commissaire.

— Cryptage garanti !

Jim s'inquiéta devant les précautions prises par le divisionnaire en vacances.

— Lando, t'es sûr que ça va ?

— Comme un charme !

Il regarda plus bas vers la droite.

La locataire était en terrasse. Elle portait un tee-shirt blanc. Le slip bleu bien mince avait été remplacé par un autre genre fluo tirant sur l'orange. Elle jouait avec une bouteille d'eau.

— Le Boiteux, il a pris la carte que je t'ai donnée ?

— Il va creuser, répondit Jim. C'est le spécialiste des cadavres dans le placard !

— *What else* ?*

---

*Clin d'œil à Georges Clooney.

— Lonserand raye le parquet ! C'est indécent !

— Il remet ça ?

— Il en profite le gadjé* ! Tu lui files des boutons de fièvre.

Elle avait mouillé son tee-shirt côté pile. Le slip de bain aussi.

— À propos de quoi ? demanda Landowski, le regard occupé ailleurs.

— Ce qui se dit aujourd'hui au 36 c'est que tu viens encore de changer de niche. Nouvelle direction, nouveau bureau. Avec un coup de pouce sur les échelons, les chevrons et tutti quanti !

Le commissaire se défendit :

— On est venu me chercher !

— Parce que ton nom a été mis en tête de la liste des proposables. Faut pas rêver !

— On dit par qui ?

— Radio poulaga parle d'une magistrate hautement satisfaite d'un divisionnaire qui aurait solutionné…

— Résolu, je préfère…

— Comme tu veux ! Résolu une affaire rondement menée avec un coup de balai qui efface à point nommé une évasion en hélico. Avec les félicitations de la Banque de France !

— Lonserand n'apprécie pas les gagnants.

— Il te préférerait affaibli pour porter le fer où ça fait mal. Si tu mettais un genou à terre, il jouirait dans

*Individu non gitan.

son froc, le gonze ! Alors il tente de jouer sur l'affaire de l'E.T.A.

Landowski s'énerva :

— Mais quelle affaire ?

Elle enleva le tee-shirt et le mit à sécher sur le garde-corps.

Bien sûr, elle ne portait rien en dessous. Il ne la quittait pas des yeux.

— Le bœuf veut allumer sous la marmite. Quand vous avez enchristé les artificiers, tu n'aurais pas respecté la procédure. À ce qu'il paraît…

— Je ne leur ai pas envoyé de faire-part !

— Lonserand adore le papier timbré ! C'est une tanche, j'te dis !

— Fallait peut-être faire les sommations légales et leur demander gentiment de bien vouloir se rendre…

— Lonserand aurait préféré. T'as mis en danger tes collègues. Un homme de ton poids, tu vois la faute de goût… C'est ce qu'il balance.

— Sauf qu'on a évité de finir sur orbite, vu le matos récupéré ! T'imagines, s'ils avaient actionné la mise à feu…

— Tu bénéficies de la clémence du jury. Le résultat fait loi, mais le bougre reste à l'affût.

— Il va prendre froid !

Elle ne lui tournait plus le dos. Le côté face méritait toute son attention.

— Tu as pu te rencarder sur cette histoire de mafia calabraise ?

— On trouve que tu as bien vieilli pour privilégier cette piste foireuse. Il n'y a rien pour l'étayer. C'est du genre téléfilm serbo-croate sous-titré en javanais. La femme de Ripert est un peu italienne mais elle est née en France. Point final.

Landowski fronça les sourcils. Il n'était pas à l'origine de cette idée. Pourquoi donc Lorraine s'en était-elle emparée ?

— Je n'ai pas choisi de creuser de ce côté.

— C'est ce qu'on dit pourtant du côté du Parquet de Paris !

— Des rumeurs !

— Remarque que tu n'as pas que des détracteurs. On ressort le juge Giovanni Falcone et ses conclusions.

— Je soupçonne la quatrième division de monter l'info en épingle.

— C'est la crèche au juge Bouchet, ça !

— Elle et d'autres.

— À quoi elle joue ?

— À la guéguerre !

— Mais moi, qu'est-c'que j'dis ?

— La vengeance est toujours un indice de vulnérabilité. Le seul nom des morts est un indice précieux pour les attentistes.

Elle portait un petit bijou juste entre les seins.

— Tu peux parler de Jossip Ripert autour de toi. Histoire de…

— Tu veux détourner l'attention ?

Landowski prit la balle au bond :

— Exact ! J'ai besoin d'air !

Vu le spectacle qu'on lui offrait deux étages plus bas, il n'était pas le seul.

— Et les autopsies ?

Jim rigola.

— Il avait pris un bon remontant pépère, si tu vois ce que je veux dire.

— Cachet bleu losange ?

— Même pas ! Cocktail antillais pour tenir la distance. Rien que des plantes et de l'écorce, hein ! Avec un bon coup de gnôle par-dessus.

— C'est quoi ?

— On a trouvé de la psilocine, psilocybine si tu préfères.

— Il a mangé des champignons en cette saison ?

— Il y en a plein au supermarché, dans des bocaux !

— Pas le genre d'Odilon !

— Il a cherché un psychostimulant ou un euphorisant. Un truc pour lui donner… la pêche !

— Très drôle !

— Ce qui expliquerait quand même le grand plongeon !

— Ou on lui en a donné pour provoquer une réaction et le filer ensuite à la baille…

— Il a pu tomber tout seul, Lando ! Il s'est dit qu'il allait culbuter un max de gonzesses. Le réveil de la vipère. Il s'est cru Superman !

— Et pour Jossip Ripert ? demanda le commissaire.

— Le légiste a conclu à un blocage neuromusculaire dû à l'absorption de produits anabolisants mélangés à une forte dose d'alcool. Une sorte de réaction allergique.

— Pas le genre à faire de la gonflette pourtant, le VRP !

— T'en sais rien ! Peut-être qu'il se soignait bien ! L'air de la province…

— Si je pige bien, ils couraient tous les deux après la performance. Côté sexe, y a quelque chose dans le dossier de l'un ou de l'autre ?

— Rien. Nada !

Landowski secoua la tête. Il trouvait bien étrange cette précaution médicamenteuse pour justement ne pas s'en servir. Il donna des consignes à Jim pour que d'autres recherches soient entreprises dans le sens qu'il indiqua très précisément.

Le lieutenant Sablon émit une réserve :

— Tu peux encore jouer à ça tant que la gendarmerie n'est pas complètement passée avec armes et labo sous la coupe de la place Beauvau.*

— Justement, grouille !

Elle venait de mettre à sécher le slip de bain fluo.

*Le regroupement police-gendarmerie serait placé sous l'autorité du ministère de l'Intérieur.

XV

— Il avait de grandes mains ?

La nuit était tombée. Ils étaient assis en terrasse, légèrement vêtus, après un moment d'intimité qui les avait tout à coup emportés.

Lorraine fronça les sourcils sans risque. La pénombre effaçait les expressions du visage.

— Mais qui ça ?

— Le masseur de ces dames !

— Pas de pot, Commissaire, c'était une femme !

Landowski secoua l'index en signe de négation.

— Aujourd'hui ! Une remplaçante probablement…

La magistrate se piqua au jeu.

— D'habitude c'est un grand noir avec des pectoraux superbes ! dit-elle.

Elle mima l'impressionnante poitrine du supposé masseur. Elle ajouta :

— Avec des mains très douces. Tu sais qu'il faut du doigté pour tracer un huit autour des seins. C'est la meilleure façon de faire pénétrer la crème.

Landowski commençait à apprécier moyennement. Lorraine s'en aperçut. Elle en profita pour insister un peu.

— Il part du creux du milieu. Tu vois, là !

Elle appuya le doigt à l'endroit précis.

— Ensuite, il faut dessiner le chiffre avec les deux mains en même temps et recommencer, recommencer. C'est bon pour la ligne, le moral et la libido !

Elle posa sa main sur son bras et l'agrippa à lui. Il resta tendu.

— Et toi, tu t'es bien amusé ? demanda-t-elle. Tu t'es baigné au moins ?

— La flemme !

— Parce que tu es encore à jouer au détective avec cette affaire, hein ?

— Je m'occupe.

— Et alors ?

— Alors, alors…

— Tu n'as qu'à passer le tout aux stups ! Il y a du lourd là-dessous. Et ce n'est pas toi qui vas régler ça. Si les Calabrais débarquent, tu vas te trouver au milieu du gué. Tu es en vacances, tu n'es même pas mandaté. Laisse donc faire la gendarmerie !

— On a déjà parlé de ça !

— Bon, bon. T'énerve pas ! Je ne vais pas t'empêcher de jouer au mâle conquérant et dominateur. Je pourrais même en profiter !

— Pas de problème !

Lorraine se mit à rire.

— Ah ça, ça marche toujours ! Et si en plus la femme quémande le câlin, c'est le top !

— Tu t'en plains ?

— Non, mais des fois j'aimerais autre chose.

— Comme quoi par exemple ?

— Que tu me parles, que tu montres tes émotions…

Landowski réagit au quart de tour :

— Tu veux jouer à la dominatrice !

— Retour au sexe direct ! Vous êtes en retard, les mecs !

— Sauf que vous les femmes vous voulez tout et son contraire !

Lorraine se détacha de lui.

— Ce que tu t'en sors bien, Lando !

Elle se versa un jus de coco.

— T'en veux ? demanda-t-elle en levant le verre.

— Non, répondit-il, l'air absent. Je prendrai un whisky tout à l'heure.

— Tu ne viens pas te coucher ? Je commence à avoir sommeil.

— C'est que tu es fatiguée de ta journée, ma belle !

Il se carra dans son fauteuil.

— À part te faire caresser par des mains expertes, tu as fait quoi ?

Elle hésita.

— Tu ne t'en souviens plus ? insista-t-il.

— Je ne note pas mon emploi du temps, vois-tu… Je ne suis pas au boulot !

— Je vais t'aider. Tu t'es promenée au bord de l'eau…

— Peut-être.

— Et sur le port là, en face de nous…

Il la sentit se raidir.

— Ben non. Pourquoi le port ?

— Tu me cherchais… Je n'en sais rien.

— Tu fais ce que tu veux ! En attendant, je vais me coucher !

Elle l'embrassa furtivement sur la bouche et disparut dans l'appartement plongé dans le noir.

Landowski se leva à son tour, chercha la bouteille de whisky et la ramena en terrasse. Il se versa une rasade dans le verre laissé par Lorraine.

Il entendit le bruit de la douche. Plus tard, celui de la chasse d'eau. Il termina tranquillement son verre et attendit.

Il quitta l'appartement quand il eut vérifié que Lorraine semblait dormir.

Semblait.

XVI

La nuit s'était installée. Il n'y avait guère que le halo des candélabres pour ponctuer l'ombre de loin en loin.

Landowski avait rejoint discrètement le port puis il avait élu domicile provisoire dans la guérite située à proximité de la sirène. L'endroit était spartiate. En guise de mobilier, il n'y avait qu'une palette aux planches esquintées posée contre le mur.

Il l'avait déplacée pour s'en faire un siège improvisé. Assis, il donnerait moins de prise aux regards éventuels.

Le guetteur qu'il était se passa les mains sur le visage comme pour se tenir éveillé. Le parfum de la crème de soins utilisée par Lorraine lui monta en bouffées sucrées. Il ne put réprimer un sourire. Il n'y avait personne pour le trouver enjoué. S'il se cachait derrière un air sérieux le plus souvent, c'était pour garder ses distances, ne pas se commettre avec le quidam potentiellement coupable et afficher délibérément l'image de l'autorité. Il réservait ses éclats de rire aux collègues et aux amis. Ils étaient aussi sonores que ses coups de gueule.

La nuit restait calme. Les bateaux étaient bercés par

des vagues molles et la brise faisait flirter les drisses avec les mâts d'aluminium créant ce tintement si familier aux habitués des pontons.

Était-ce le parfum ? Il songea à Lorraine. Depuis bien longtemps, des années déjà, ils n'avaient pas eu ces moments de rare intimité. À Bénodet, ils s'étaient découverts. À La Rochelle, ils s'étaient croisés.

Restait Rome.

Qu'est-ce qu'elle était belle ce jour-là ! Il ne s'en lassait pas. Tailleur anthracite, chemisier moiré et escarpins vernis. Et cette attitude énigmatique et sensuelle à la fois, chère aux actrices italiennes de La Dolce Vita.

Il lui avait demandé :

— Comment tu as su que j'étais dans ce taxi ?

Dans un souffle, elle avait répondu :

— Je n'en savais rien. Je l'ai voulu. Tout simplement.

Il avait bien envie de parler de tout cela avec elle. Une fois pour toutes. Mais il avait peur de sa réaction, peur de son étonnement, de son rire, de son refus. Peur aussi de son émotion, de son soulagement, de sa réponse positive.

Les hommes ont leurs contradictions. Les flics de haut vol encore plus. Lorraine était une brillante magistrate, approchée récemment par une ministre de la Justice. De quoi se retrouver Place Vendôme sous les ors de la République à un poste enviable et envié. Et il ferait quoi, le divisionnaire ? Préparer la cervelle d'agneau et le petit pot d'épinards, le torchon à la main et le calibre à la ceinture ? Et nourrir à la cuillère le petit dernier ? Il sourit encore. Décidément, il n'était pas avare de sentiment en cette nuit morbihannaise !

Il devrait choisir un jour. Il n'allait pas attendre de se faire trouer la peau pour connaître son avenir. Cette histoire de noyés à la petite semaine allait bien trouver son épilogue bientôt. Les vacances allaient se terminer. Lorraine et lui devraient quitter la presqu'île pour rejoindre leurs pénates professionnels. Feraient-ils route ensemble ?

Il s'installait dans une torpeur complice. Elle était rassurante parce qu'il n'aurait pas de compte à lui rendre. C'était très bien ainsi. Sauf qu'il percevait maintenant un bruit métallique.

Le train formé de wagons à bestiaux roulait lentement vers la forêt. La motrice poussait au lieu de tirer. Le train, vidé de ses occupants, repartirait tout à l'heure dans le bon sens. Le conducteur se pencha légèrement au dehors. Il portait une casquette.

Il souriait.

Le bruit continuait. Il ne faisait pas partie d'un cauchemar. Quelqu'un venait de descendre l'escalier menant vers le ponton A. Ce même inconnu marchait sur les lattes de bois et son pas, relayé par la surface de l'eau, s'entendait de loin.

De loin ? Peut-être pas, mais à l'endroit où Landowski était tapi, le son arrivait clairement. La guérite, ouverte comme un pavillon d'oreille satellitaire, accueillait les bruits produits dans sa zone de couverture. Le ponton A faisait partie de ceux-là. Le divisionnaire, rompu aux pratiques de surveillance, s'était idéalement placé. Ce n'est pas aux vieux singes…

Landowski se leva. Après cet intermède d'introspection, il était temps de reprendre du service. S'il avait quitté la couche bien accueillante de Lorraine, c'était pour une bonne raison. Sinon…

Il se concentra sur l'ombre qui se mouvait dans la nuit. Sur fond de bateaux, il n'était pas bien facile d'en suivre la progression. Surtout que le noctambule faisait tout pour qu'on ne le remarquât pas.

Landowski quitta son poste d'observation et se glissa, comme un chat, vers le quai réservé aux bateaux à passagers. Il se plaça contre un mât de charge afin de ne pas paraître droit comme un I dans un paysage totalement horizontal. Pour être anachronique, rien de tel. Comme le nez au milieu de la figure.

De son nouveau poste de guet, il identifia précisément le bateau sur lequel se rendait l'ombre en déplacement. Il n'eut aucun doute. Il s'agissait bien de ce voilier en bois qu'il avait approché une autre nuit.

Il attendit que l'ombre ait disparu à l'intérieur pour rejoindre le ponton à petites foulées courtes et rapides. Il fallait faire vite, mais discrètement. Une fois sur l'aire de réparation des bateaux, il jeta un œil alentour. Il ne s'agissait pas de se faire piéger comme un bleu par des malfaisants organisés. Le coup de la chèvre de monsieur Seguin, il connaissait ça parfaitement.

Il ne remarqua rien de particulier. Si on envisageait de le faire aux pattes, ce qui lui trottait dans la tête depuis un petit moment, on rêvait grave. Ses sens étaient en éveil et il se méfiait de tout et de tout le monde. Rien de tel pour éviter toute surprise. Il y avait bien trop de zones d'ombre dans cette affaire pour le faire s'endormir sur ses lauriers.

Il s'engagea dans l'escalier et chemina lentement sur le ponton en évitant de chalouper. Arrivé près du voilier en réfection, il se retourna d'un bloc pour éventuellement surprendre un suiveur. Il ne remarqua rien de tel.

Il se courba un peu à la manière des pisteurs dans le bush australien et il s'approcha du voilier. Il emprunta l'allée formant l'alvéole et il s'arrêta un peu avant le hublot éclairé. Là, il s'allongea et entreprit une reptation à la manière des commandos. Vêtu en conséquence et l'arme dans le dos, il ne devait pas produire le moindre son pouvant indiquer la présence d'un intrus. Il avait bien l'intention d'en apprendre davantage.

Avec d'infinies précautions, il se posta le plus près possible du bateau. Avant de s'engager d'un côté ou de l'autre du voilier à l'amarre, il avait vérifié les distances. Le bateau n'avait pas été positionné bien au milieu de son emplacement mais, au contraire, approché du ponton, probablement pour rendre les travaux plus faciles.

Il progressa centimètre par centimètre pour se mettre

au niveau de l'ouverture. Par chance, grâce aussi au beau temps, le hublot était ouvert et il entendait se tenir une conversation. Il ne comprenait pas les phrases. Il captait seulement quelques mots. Il comprit que les passagers du bateau se tenaient plus bas que l'ouverture. Plus bas voulait dire assis voire allongés. Surtout si l'on considérait les bruits qu'on entendait. Cette conclusion l'incita à relever la tête pour observer. On ne devrait pas le voir.

Son regard plongea à l'intérieur de la cabine. Ce qui le surprit tout de suite ce fut le capharnaüm qui y régnait. L'espace n'était pas très grand mais il aurait pu être mieux ordonné.

La seule place accessible et dégagée c'était la couchette.

Il y avait là un couple. Lui allongé sur le dos. Elle à califourchon sur lui. Tous les deux nus. La scène était éclairée par une lampe à pétrole suspendue au plafond comme dans les voiliers du temps des pirates des Caraïbes.

Ils s'activaient l'un et l'autre, elle les yeux clos, lui le regard si particulier, rivé sur des seins bien remuants. Un soupir d'aise de l'un ou de l'autre marqua la fin de l'exercice et ils s'allongèrent ensemble, la femme remontant la couverture sur leurs deux corps, comme pour profiter d'un moment de calme après la tempête.

Landowski patienta.

La femme se releva la première. Elle n'était pas très grande mais bien faite. Sans plus. Ses cheveux lui tombaient dans le cou. Le commissaire lui donna une trentaine d'années. L'homme paraissait plus jeune malgré son aspect négligé. Il avait le visage anguleux, les membres longs et maigres. Et un drôle de regard aux yeux délavés. Il faisait l'effet d'un navigateur aminci par de longues journées de mer à ne manger que du plancton et des poissons volants arrosés d'eau saumâtre.

Ils s'habillèrent en silence.

Quand il vit la femme enfiler un blouson, Landowski comprit qu'elle n'allait pas tarder à quitter le bateau. Il effectua une reptation de repli stratégique en évitant tout heurt, puis il se remit sur ses jambes et il avança plus loin pour se cacher derrière une autre coque un peu plus haute sur l'eau.

Il s'attendait à ce que l'inconnue s'en aille seule. Il vit deux silhouettes s'éloigner.

Il temporisa. Conformément aux enseignements des instructeurs des commandos OMH*, il attendit patiemment. L'individu que l'on surveille peut toujours revenir sur ses pas deux minutes plus tard. Pour vérifier qu'il n'est pas suivi. Et prendre le suiveur à contre-pied. Le coup de l'arroseur arrosé !

Le temps réglementaire écoulé, Landowski s'engagea sur l'étroite plateforme et s'approcha du voilier. Il vérifia, d'un regard scrutateur, qu'aucun piège n'était visible, puis il monta à bord. Le panneau de

*Opération en Milieu Hostile.

fermeture était simplement glissé dans sa rainure. Il l'escamota facilement.

Il descendit les trois marches et se trouva dans la cabine. La lampe-tempête n'avait même pas été éteinte. Comme si on voulait faire croire aux éventuels curieux que le bateau n'était pas désert.

Il eut un premier regard vers la couchette bien dégagée. Les deux amants s'étaient assis successivement sur le bord pour s'habiller. Le tissu en gardait des traces éloquentes.

Le commissaire souleva une pile de papiers empilés dans une étagère-coffre. Sans grand succès. Il y avait des lettres, des enveloppes, des cartes marines, des ouvrages maritimes. Il essaya plus loin. Au bout de la bannette, il y avait un logement incurvé comme la coque. Il semblait servir à ranger, si on pouvait le dire, des journaux et des magazines. En fait, une fois lus, ils devaient être fourrés là-dedans par l'occupant des lieux. Il y glissa la main en veillant à déranger le moins possible de choses. Même quand on vit dans le désordre, on remarque assez vite ce qui n'est plus à sa place.

Il ramena à la lumière une carte froissée. Il la déplia et il constata immédiatement qu'elle décrivait une zone située à la limite de Saint-Julien et de Kermorvan. Avec une partie littorale. Il replongea la main dans l'espace perdu et ramena cette fois une enveloppe brune cachée au milieu d'un journal plié. Il en étala le contenu sur la couchette. Il y avait une sorte de descriptif d'un terrain non bâti avec des repères semblant indiquer une future construction. Puis un extrait de cadastre et d'autres documents tournant autour du même objet. Il remit le tout dans la pochette.

En insistant, il découvrit une autre enveloppe, celle-ci de format plus réduit. Il procéda comme avec la grande qu'il venait de mettre de côté.

Il s'agissait de photos. Manifestement prises au téléobjectif parce que l'arrière-plan était écrasé sur chacune d'elles. Il put ainsi admirer le portrait d'Odilon sortant de son bateau puis celui de Ripert rajustant son pantalon, portière ouverte. Au dos, on avait tracé une croix rouge.

Le plus était à venir. Les photos suivantes, une dizaine au moins, montraient Lorraine et lui, seuls ou ensemble dans des positions banales. C'étaient des clichés de type surveillance qui auraient pu être l'œuvre d'un bon détective. Les acteurs ne s'étaient aperçus de rien.

Puis il y avait une dernière photo, de type paysage, moins nette que les autres. Elle montrait une jeune femme en kabig, photographiée de dos, regardant un terrain en friche.

Landowski aurait bien voulu emporter ces documents mais, même si l'ensemble semblait bien invisible et que sa disparition ne serait pas remarquée immédiatement, il ne pouvait prendre ce risque. Sa visite devait rester secrète.

Soigneusement, il rangea le tout comme il l'avait

trouvé en respectant l'ordre et la disposition des pièces. Il replaça le tout au fond du trou. Il empila par dessus les revues et les journaux tels qu'il les avait trouvés.

Il sortit de la cabine, abaissa le panneau de fermeture et vérifia que son passage ne pouvait être découvert. C'est à ce moment qu'il crut saisir le son de quelques mots échangés.

Si, comme il le craignait, c'étaient les deux amants qui revenaient au bateau, il allait tomber nez à nez avec eux. Et ça, il ne pouvait pas s'y risquer.

Il ne lui restait qu'une solution. Il se laissa glisser dans l'eau.

XVII

C'était une maison de pêcheur située à l'écart du village de Kermorvan, l'une de ces bâtisses un peu vieillottes souvent qualifiées de caractère. Pour leur conférer une sorte d'authenticité permettant de gonfler le prix de vente au-delà de toute limite raisonnable.

Herveline habitait là depuis des lustres. Elle aurait dit des siècles si on lui avait posé la question. Il aurait fallu le faire plus tôt.

Elle était née là, dans la pièce la plus grande occupant tout le rez-de-chaussée et dans ce recoin plus sombre qui jouxtait la cheminée alimentée par du bois flotté la plupart du temps, quand son père faisait la grève comme un glaneur des mers.

Traditionnellement, on y plaçait l'enfant. La chaleur n'était pas dirigée vers lui au risque de le déshydrater, mais il en profitait quand même.

Son père avait été surpris d'avoir une fille. Il aurait préféré un autre garçon grand et fort pour l'aider à la pêche. Le ciel ne l'avait pas entendu de cette oreille. Saint Armel non plus.

Bah, la petite était là ! Elle était belle, les fesses

roses et les yeux grands ouverts. Elle semblait solide et saine, exempte de ces drôles de maladies qui faisaient des bébés souffreteux.

Il n'allait quand même pas la noyer dans une bassine comme les chatons du quartier. On venait toujours le chercher quand il y avait une portée bien encombrante cachée dans un grenier. Il savait y faire. On lui donnait une chopine et il s'en contentait. Même si ce n'était pas de gaieté de cœur qu'il posait le couvercle sur le baquet rempli d'eau jusqu'à déborder.

Un jour, on l'avait retrouvé pendu à la branche d'un cerisier du côté de Plouharnel. Un chaton blanc orphelin et humide dormait sur son havresac. Juste en dessous de lui.

Herveline avait laissé passer les jours et les années jusqu'à se friper comme une pomme oubliée sur une clayette dans une mûrisserie déserte. Le visage seulement car, de corps, elle avait gardé une corpulence avantageuse débordant de ses vêtements comme un moine de boîte de camembert.

Elle se gavait plus que de raison, cherchant dans la nourriture une sorte de sécurité éternelle qu'elle savait bien pourtant interdite aux humains. Il est de ces comportements qui font de nous des réfractaires obstinés à cette aberration imbécile qu'on appelle la mort.

On aurait dit un hanneton prêt à subir les jeux cruels des enfants. Herveline était suspendue à la poutre, attachée par les bras et les jambes comme une pièce à rôtir. Ses genoux étaient à cinquante centimètres du sol, pas davantage. Pour se balancer, nul besoin d'atteindre des sommets.

Et les sommets de l'horreur, elle allait les atteindre en gravissant une pente digne des faits divers les plus sanguinaires.

On lui avait rempli la bouche de papier hygiénique et on en avait obturé l'ouverture par une bande de collant à emballer tourné deux fois autour de la tête.

Elle roulait des yeux comme une bête affolée, voulant crier, hurler, mordre. Peut-être aussi qu'elle aurait voulu implorer, supplier, promettre.

Elle aurait abdiqué sans conditions, donné tout ce qu'elle avait, renié ses principes pour vivre encore un peu. Et surtout écarter la souffrance.

Personne ne voulait l'entendre.

Il n'était plus temps de discourir ou de négocier. Son sort était scellé depuis longtemps et son avenir était le plus prévisible qu'il fût. Il n'y avait que la mort au bout de son chemin.

Seulement, ses bourreaux n'étaient pas partisans d'une exécution propre et rapide. Ils avaient envie de spectaculaire. Comme pour exorciser la souffrance en la voyant vécue par une autre.

Elle n'avait pas senti le premier coup de cutter. La lame était acérée comme un fil de rasoir. Le sang commençant à couler sur son bras lui avait fait comprendre que la route serait semée d'embûches, d'obstacles de plus en plus infranchissables. Une obstination dérisoire. Jusqu'à la fin des fins.

Ensuite, ils s'en étaient pris tous les deux à ses mains et à ses pieds pour les entailler entre les doigts. Lui surtout. Au bout d'un moment de ce supplice, la douleur lui avait fait perdre connaissance. Allongée à terre, elle aurait baigné dans son sang. Puis, comme s'ils ne voulaient plus qu'elle affiche cette mine rebondie, ils lui avaient lacéré le visage chacun à son tour. Cette fois, c'était encore lui le plus hargneux. Dans le geste comme dans le regard qu'il portait sur sa victime sans défense. Pour l'humilier. Elle s'était encore évanouie. Et quand elle avait repris ses esprits, elle avait fait mine d'être encore sans connaissance. Elle voulait les observer un peu, deviner leurs desseins, espérer leur clémence, donner le temps à ceux qui pouvaient venir la tirer de ce mauvais pas. Mais elle ne se faisait aucune illusion. Cette femme et cet homme avaient projeté de la tuer et rien ni personne ne viendrait déranger leur plan. La partie du village où elle habitait était tournée vers la mer. Ce paquet de maisons était un peu à l'écart, comme Herveline l'avait toujours été vis-à-vis des autres. Il n'y aurait pas un habitant à s'inquiéter de son sort. Elle avait assez exigé qu'on lui foute la paix…

L'un et l'autre, ils s'étaient assis à sa table. Ils avaient allumé le gaz sous la marmite. Ils mangeaient ce qu'elle avait préparé, un bon pot-au-feu. Même si c'était la saison chaude, elle mijotait un plat roboratif le vendredi. Elle en avait jusqu'au lundi sans problème. La quantité de gaz utilisée était la même pour une marmite bien garnie et elle rechignait à cuisiner chaque jour quelque chose de nouveau.

Ceux-ci se régalaient sans vergogne et claquaient des lèvres comme des goulus. Ils en faisaient des tonnes, comme pour affirmer leur pouvoir sur une pauvre femme. À vaincre sans défense…

Elle les trouvait plus indignes dans leur attitude que des romanichels. Dieu savait pourtant qu'elle avait une frayeur de ces voleurs de poules qui l'avaient coursée jusqu'à la grange quand elle était petite. Elle n'avait jamais su ce qu'ils avaient l'intention de lui faire parce qu'Odilon était justement rentré de l'école un peu plus tôt et les avaient fait fuir.

Ceux-là, en train de se goinfrer, s'étaient présentés tard. Pendant le téléfilm. Herveline aimait bien suivre ces histoires de famille où l'on se haïssait à qui mieux mieux. Elle avait l'impression d'y trouver une sorte de légitimité à ce qu'elle avait connu dans la sienne. Pour ne pas paraître plus noire que les autres.

Elle ne fermait son volet de cuisine qu'en allant se coucher. Quelqu'un aurait pu passer dans le chemin et lui demander de ses nouvelles. Seulement, il ne passait pas grand monde. Et ceux qui s'aventuraient dans le coin, ne s'arrêtaient pas. Pour une fois qu'on tapait à sa fenêtre, elle n'allait pas faire la tête et incendier de bêtises le téméraire. Elle avait donc ouvert largement les deux battants. Ils étaient là, tous les deux dans la petite cour. Elle, la commandeuse, elle avait dit qu'ils s'étaient perdus sur le bord de mer et qu'elle était tombée. En effet, elle avait le pull maculé de terre sur le devant et son visage était sali. Herveline n'avait pas la moindre fibre altruiste. Elle s'était même étonnée de s'apitoyer sur le sort de cette jeune femme qui semblait réellement mal en point.

Après tout, pour une fois…

Lui, il ne s'approchait pas de la fenêtre basse. Il restait en retrait comme un grand timide. Grand, il l'était. Même un peu maigre. Mais elle ne l'avait pas bien vu à ce moment-là dans la pénombre de la cour.

Finalement, elle avait ouvert sa porte.

La femme l'avait tout de suite bousculée d'une forte bourrade dans la poitrine. Elle avait basculé en arrière, chutant brutalement sur le sol en ciment bouchardé. Les deux lui étaient tombés dessus comme la misère sur le pauvre monde. Elle s'était sentie bâillonnée, attachée, puis enfin hissée sans ménagement à la poutre basse comme un jambon mis à sécher.

Elle avait alors compris qu'il ne s'agissait pas seulement d'un couple de voleurs mais bel et bien de meurtriers en puissance capables de bien des turpitudes pour assouvir leurs désirs secrets.

Elle ne s'était même pas étonnée de leur désintérêt pour ses économies. S'ils avaient insisté, elle aurait essayé de ne rien dire parce qu'elle venait de comprendre qu'elle ne se sauverait pas par accès de franchise et d'abandon. En aucune façon.

Pourtant, sous l'escalier, derrière la première contremarche, il y avait une boîte en fer. Les liasses de billets neufs en euros, ceux qui avaient remplacé les billets libellés en francs, étaient bien serrées les unes contre les autres. Au dessus, il y avait quelques papiers qu'elle considérait comme importants. Au dessous, il y avait un carré de carton masquant un sachet de papier cristal, un de ceux qui servent aux collectionneurs de timbres. La pochette renfermait un précieux souvenir. Une mèche de cheveux d'enfant.

Quand ils eurent terminé leur plat chaud, l'homme fit chabrot avec une rincette de ce vin rouge qu'elle ramenait de Casino. La femme, elle, n'avait bu que de l'eau. Et du robinet encore.

Herveline s'en remit au ciel. L'homme aux yeux un peu fous s'approchait, son cutter à la main. La femme lui avait fait signe. D'en finir.

Il taillada les vêtements d'Herveline pour faire apparaître la peau. Le ventre était convexe et tendu à cause de la tension des cordes qu'il venait de resserrer. Il pratiqua une fine entaille de haut en bas sans que la suppliciée en ressente autre chose qu'une coupure franche.

La peau et le fascia* se déchirèrent aussitôt.

---

*Membrane qui enveloppe muscles et organes.

XVIII

— Il est question d'un couple qu'on a vu rôder par ici !

Le commissaire en vacances insista :

— Quel genre ?

— Un grand maigre et une femme, plus petite. Un couple bizarre. Mal assorti, on va dire.

— Couple ou duo ?

— Mixte en tout cas. Pour le reste, on ne tenait pas la chandelle, Commissaire !

Landowski haussa les épaules.

À cinquante mètres, se dressait la maison de pêcheur. Elle était presque cachée par la végétation, des haies vives qu'on avait oublié de tailler depuis bien des années. Elle était un peu à l'écart, tournée de trois quarts pour éviter les vents dominants. Et les importuns. La construction était enfoncée dans le terrain comme pour se préserver d'un déracinement. Une manière de posséder la terre et de ne la partager avec personne.

Landowski avait été réveillé à l'aube par un tambourinement intempestif sur la porte palière de l'appartement. Dans son sommeil, Lorraine avait dû entendre quelque chose qui l'avait perturbée. Elle s'était retournée d'un coup, embarquant dans le geste circulaire la couette d'été.

Elle aimait se prélasser nue et découverte sur le lit jusqu'à une heure avancée de la nuit mais, quand le petit matin survenait, insidieux, fragile et rafraîchi par des virées nocturnes le long des quais déserts, elle aimait bien se couvrir d'étoffe pour se lover comme une chatte, jambcs repliées, tissu au ras des lèvres et corps emmailloté pour faire durer encore ce sommeil ténu, léger, au bord de la rupture, mais si délicieux à consommer, comme un premier plaisir teinté d'innocence.

Il s'était levé d'un coup, avait saisi son arme comme s'il allait devoir se défendre. Il avait en lui ce réflexe de malfrat tricard, traqué par les hordes policières et cerné au petit matin dans une chambre miteuse d'hôtel de passe. En caleçon bien sûr. Pour faire couleur locale.

Il s'était précipité à la porte.

Il n'avait pas jeté un œil par le judas. Depuis qu'un vieux briscard s'était fait piquer comme un hanneton par un accessoire de barbecue enfoncé par cet orifice jusqu'à son cerveau, il ne s'empressait pas à poser son œil devant le cylindre.

Il s'était plaqué contre la cloison avant d'identifier le visiteur. Satisfait, à moitié, de la réponse, il avait ouvert en tendant le bras.

Le gendarme avait été surpris de se trouver nez à

nez avec un homme presque nu, une arme de taille respectable à la main. Mais le fonctionnaire ne s'était pas démonté. Il avait indiqué au commissaire que les autorités l'attendaient sur une scène de crime.

Sur place patientait le chef de brigade.

Après avoir écouté un bref rapport sur l'affaire en cours, il venait de lui demander si on avait vu quelqu'un d'inconnu dans les parages.

Il s'engagea dans l'allée, flanqué des hommes en bleu. Le groupe s'arrêta devant la porte de la maison de pêcheur. On le laissa entrer seul. Hommage discret.

Il en avait vu des cadavres, du sang et des horreurs. Mais là…

Le visage de la vieille femme était tailladé au point de la rendre méconnaissable. Rien ne pouvait justifier un tel acharnement. Mais ce n'était pas la constatation la plus difficile à faire.

Le pire c'était cette éventration…

Il se prit à espérer que la mort avait cueilli la victime assez tôt pour qu'elle s'en aille ailleurs de cet endroit maudit, lieu de tortures inutiles et de cruauté gratuite.

Le cadavre ne touchait pas le sol. Les pieds le frôlaient, tendus à l'extrême comme s'ils avaient voulu se poser une ultime fois pour soulager la douleur arrachant les épaules.

Landowski remarqua qu'on avait libéré les jambes. Le lien était coupé. Il imagina que la suppliciée avait dû être suspendue par les quatre membres réunis ensemble pour que le sacrifice s'accomplisse. Ensuite, elle avait pu se détendre. Et mourir.

— On a quoi ? demanda-t-il en ressortant.

— Je vous ai dit. Un couple inconnu aperçu par un aide-cuisinier qui rentrait chez lui. Mais il faisait nuit. Le jeune était en vélo. Il n'a pas demandé son reste.

— Cette femme habitait là depuis longtemps ?

— C'était sa maison natale. Si elle a quitté la presqu'île deux ou trois fois dans sa vie…

— Il ne faut pas la laisser comme ça.

— On attend les spécialistes.

— Vous avez trouvé l'arme du crime ?

— C'est probablement le cutter qu'on a retrouvé sur le bord de l'évier.

— L'assassin l'a nettoyé ?

— Pas la lame en tout cas. Peut-être qu'il n'a pas eu le temps. Elle est couverte de sang coagulé.

— Heure de la mort ?

— Je dirais aux environs de minuit.

— Le cuistot les a vus à quelle heure ?

— Onze heures trente.

— C'est précis.

— Il finit à onze heures. Il lui faut un quart d'heure pour rentrer chez lui. Il a regardé son portable machinalement. Les jeunes d'aujourd'hui ont ce genre d'instrument greffé dans la paume de la main.

— Même en vélo ?

— Commissaire, vous ne vous doutez pas de ce que nous voyons parfois !

— Et vous verbalisez ?

— …

— Il les a vus quitter les lieux ?

— Ils sortaient à pied du chemin.

— Ce qui veut dire qu'ils ont laissé cette pauvre femme agoniser toute seule.

— S'ils avaient la certitude…

— Des spécialistes, Commissaire ?

— Pourquoi pas ?

Il n'en croyait pas un mot.

— On n'a jamais vu ça par ici.

— Heureusement pour vous. Et pour les habitants !

— Et vous ?

— Si je connais ce genre d'exécution ? Oui. Durant la guerre du Viêt-Nam, c'était souvent utilisé.

— C'est cruel !

— Chacun a quelque chose de monstrueux en soi. Les meurtriers ne l'oublient jamais.

Il renifla machinalement.

— Elle vivait seule ici ?

— Oui.

— Elle avait de la famille ?

— C'était une vieille fille.

— Frères et sœurs ?

— Deux frères. L'aîné est mort noyé dernièrement.

— Odilon ?

— Affirmatif.

Landowski ricana à la manière d'un carnassier qui sent la proie s'approcher du point d'eau.

On l'avait embrouillé avec l'emploi du temps. Et avec tout le reste. Il n'allait pas se fier aux apparences mais plutôt chercher à deviner le dessous des cartes.

Il s'agissait bien d'un jeu, non ? Mais d'un jeu de massacre.

Seulement, il préférait faire le boucher que le veau.

XIX

Landowski voulait en avoir le cœur net. Cette ombre qu'il avait aperçue sur les pontons la nuit, il l'avait vue une fois disparaître dans l'immeuble où il résidait avec Lorraine, le temps des vacances. Mais il n'en savait pas davantage.

Certes, il en connaissait les contours en l'ayant vue nue sur la bannette faisant l'amour avec le grand escogriffe. Il avait en mémoire la complémentarité de leur morphologie. Lui, grand, sec et noueux. Elle, plus petite, aux seins ronds. Il lui avait même trouvé un air rieur. Quelque chose dans les yeux, une espièglerie cachant peut-être un mal de vivre et toutes ces fêlures que les gens essaient de colmater.

À y repenser, ils les trouvaient mal assortis.

Tiens, tiens ! Le chef de brigade avait employé les mêmes mots pour qualifier le couple infernal, probablement auteur maudit de l'exécution de la sœur d'Odilon. Cette noctambule se cachait pour rejoindre son amant à bord de son bateau amarré quelque part au ponton A. Puis elle revenait comme un personnage de *Judex** vers son appartement. Et elle disparaissait comme par enchantement.

---

*Film de Georges Franju.

Est-ce que cette manière de faire voulait dire qu'elle ne voulait pas inviter le navigateur chez elle ? Ne voulait pas ou ne pouvait pas ? Parce qu'il y avait quelqu'un d'autre ? Modus vivendi ?

En se postant sur le chemin du retour, du moins celui que l'inconnue avait emprunté une nuit, il avait toutes les chances de la repérer. Sauf si d'autres activités nocturnes l'éloignaient durablement de son lit. Auquel cas le fringant commissaire allait perdre son temps et des heures de sommeil pour rien. Au risque de devoir répondre aux questions insidieuses de Lorraine.

Quelque chose cependant lui disait qu'il allait la rencontrer rapidement. Il l'avait vue faire l'amour. Il y avait des signes qui ne trompaient pas. Il se donnait là une faculté de jugement dont les hommes ne doutent pas un instant. Surtout sur ce sujet.

Il était persuadé de l'incapacité de cette femme à faire abstinence, même une nuit. Cette rencontre nocturne, maritime, spartiate avait toutes les caractéristiques de la simple aventure. Un temps sensuel, sexuel et fort. Donc éphémère.

Landowski avait emporté des jumelles à vision nocturne. À la brigade, ils s'étaient étonnés de l'entendre faire cette demande, mais ils s'étaient bien gardés d'évoquer la moindre utilisation qu'il pourrait en faire.

Il y avait bien pensé mais il s'en foutait grave. Il avait son idée et, justement à cause de ça, une rage qui commençait à sourdre sous la peau. Il avait horreur de se faire mener en bateau. Surtout qu'il naviguait à vue et que c'était plutôt le pot au noir. Il voyait d'ici Lonserand jubiler comme un malade mental en voyant le célèbre divisionnaire empêtré dans une affaire pourrie dont il ne pouvait se défaire. D'autres le rejoindraient aisément sur le banc de l'accusation. Facile de hurler avec les loups.

Il était plongé dans ses réflexions quand il la vit. Plus exactement, ce fut l'ombre se déplaçant le long d'un fourgon blanc avec remorque qui attira son regard. Ce devait être le matériel d'un marchand ambulant.

Il monta les jumelles devant ses yeux. Pas de doute. C'était bien elle. Il la suivit d'un geste lent, panoramique et souple. Vu la distance, il pouvait la perdre comme rien. Avec les différences de niveau entre la route et le quai, la courbe du virage et les bateaux, il y avait tous les ingrédients pour cacher une aiguille dans une botte de foin.

Quand il la vit descendre vers le ponton, il se prit à sourire. Satisfaction toute personnelle en constatant que la cible faisait exactement ce qu'il avait prévu.

Il quitta son poste d'observation et il revint vers son immeuble. Pour l'heure, l'ombre devait s'activer en pleine lumière. Il l'enviait naturellement. Toujours.

Il se posta dans l'entrée dans le prolongement de la batterie de boîtes aux lettres. Sans éclairage, sa présence ne pouvait être décelée qu'en s'arrêtant devant lui. Il se prit à espérer qu'elle prendrait l'escalier sans se méfier.

Il n'eut pas une éternité à attendre. L'inconnue se pointa rapidement. Elle était restée dehors un peu moins de trois quarts d'heure.

Elle se planta devant le vitrage et elle approcha le visage comme pour vérifier qu'il n'y avait personne à l'intérieur. Enfin, elle poussa la porte et elle entra.

Mais que faisait-elle ?

L'ombre marchait dans sa direction. Landowski se plaqua contre le mur. Elle l'avait repéré au dehors, suivi peut-être jusqu'à l'entrée en revenant sur ses pas à la manière d'un chat. Ce qui expliquait son attitude de méfiance. Dans un instant, il allait être découvert.

Elle passa sans le voir.

Elle descendit les trois marches situées au fond du hall et elle poussa la porte de verre donnant sur le parking. Le commissaire n'avait pas imaginé que ce n'était peut-être qu'un raccourci pour elle. Il se souvint d'avoir lu la pancarte « *Passage réservé aux occupants de l'immeuble* ».

Maintenant, il ne fallait pas la perdre de vue s'il voulait connaître exactement son point de chute. Il emprunta le même chemin et passa la porte en faisant bien attention au moindre bruit. Une fois sur le parking, il progressa le long de la haie d'escalonias. L'inconnue était entrée dans l'immeuble suivant placé en oblique, en retrait. Il la voyait marcher sur la coursive extérieure sur laquelle s'ouvraient les appartements.

Il s'arrêta et usa de son aide à la vision. Il vit la femme chercher ses clefs, ouvrir une porte et disparaître à l'intérieur d'un appartement. En faisant le point avec les jumelles, il put lire le numéro imprimé sur la plaque.

Il avait envie de vérifier encore un truc avant de rejoindre ses pénates. Il refit le chemin inverse à toute vitesse, passa une porte puis l'autre avant de se retrouver dans la rue. Il prit du champ pour embrasser la façade.

Il vérifia l'étage puis l'appartement. À l'endroit même où il aurait dû y avoir un minimum d'éclairage, il n'y avait rien. Pourtant, la noctambule était rentrée chez elle. Il eut envie de dire chapeau. Le jeu du chat et de la souris continuait pour un nouvel épisode.

Un peu machinalement, il parcourut les loggias d'un coup de jumelles. La vision nocturne avait cette teinte un peu irréelle produite par le système amplifiant toute source lumineuse même infime.

Au bout de quelques minutes, il fut forcé de sourire. Décidément. La blonde au slip minuscule était debout sur sa terrasse, dans le noir. Elle portait une sorte de déshabillé diaphane qui n'avait pas la prétention de masquer quoi que ce fût.

Il la fixa. La vamp insomniaque en profita pour esquisser un petit geste de la main.

XX

— Tu as l'air fatigué, Lando !

Lorraine se retourna vers le maraîcher qui lui tendait sa monnaie. Il avait l'allure d'un jardinier de magasin de graines avec son tablier, son chapeau de paille et sa moustache en guidon de vélo.

Elle venait d'acheter des poivrons et elle en avait pris un jaune, un vert, un rouge, un blanc et un noir pour que le mélange soit agréable à regarder.

— Je disais que tu as l'air fatigué…

Landowski se colla discrètement à elle. Facile avec la foule qu'il y avait au marché de Port Haliguen. Deux sens se croisaient sans discontinuer. On aurait pu se servir directement dans le panier du client qui marchait devant soi sans qu'il ne s'en rende compte.

Une jeune femme le regarda. Assez intensément pour qu'il s'en aperçoive. Il lui sembla l'avoir déjà vue quelque part. Ce tricot marin…

— Tu trouves ? demanda-t-il, reprenant le dialogue avec Lorraine où il l'avait laissé.

Il se rapprocha davantage encore d'elle en appuyant sa main ouverte dans son dos. Elle le sentit tout de suite. De quoi être troublée. Mais elle se détacha bien vite.

— Je vais prendre des tomates aussi, dit-elle en se penchant légèrement. De celles-là, oui !

— Voilà ma p'tite dame ! Une livre de tomates jaunes sucrées comme des fruits ! À déguster avec un filet d'huile d'olive et de la fleur de sel de Guérande !

— Quand je me lève la nuit, tu n'es pas là, dit-elle en saisissant le sachet.

— Après, je n'arrive pas à m'endormir aussi vite que toi ! Les flics insomniaques sont légion, tu le sais bien !

— Les divisionnaires ne sont pas tenus de faire les planques de nuit !

— Je ne veux pas perdre la main.

— Retourne à la mondaine !

Puis Lorraine changea de conversation :

— Qu'est-ce que tu dirais de bouchées à la reine au saumon ? On est passés devant tout à l'heure.

— J'ai faim !

— OK, mais tu peux préciser ce que tu veux manger…

— Des huîtres !

Ils arrivaient devant l'étal. Le marchand saisit la balle au bond.

— J'en ai des p'tites et des grosses ! dit-il au commissaire.

Il renchérit :

— Avec des gros seins !

Landowski joua le jeu :

— De quoi vous faire du mal avant ce soir si vous y pensez tout le temps !

L'homme s'esclaffa en forçant le trait. Sur les marchés, le vendeur doit toujours se faire remarquer de la clientèle potentielle s'il veut écouler sa marchandise.

— Vous en voulez combien ?

Le commissaire se retourna vers Lorraine pour avoir son avis. Pendant ce temps, un autre client s'approcha.

— Je voudrais des moules, dit ce dernier, un peu timide.

— Ça tombe bien ! claironna le marchand. Il m'en reste.

Il avait devant lui un énorme tas de moules.

Lorraine acheta des huîtres. Elle choisit les plus salées.

Ils avancèrent plus loin. Lorraine jeta un œil au stand des livres. Elle acheta un gros roman fleuve.

— Je te prends un polar ? demanda-t-elle.

— Tu rigoles ! Je suis en vacances !

— Ben, on dirait pas !

Ils s'arrêtèrent au stand du vin où on leur proposa de boire un verre. Landowski goûta du Sauvignon. Lorraine aussi. Ils firent la connaissance du marchand de poulets rôtis.

— Roule ma poule ! lança l'homme.

C'était le slogan de son activité apposé sur une grande pancarte amusante, posée en avant du tournebroche. Le couple de vacanciers termina ses emplettes par un bon morceau de gâteau annoncé comme étant une spécialité de la région.

Ils parvinrent à s'extraire du marché. L'été, c'est la cohue mais c'est aussi l'endroit à ne pas manquer. Ils empruntèrent le petit raidillon où se placent les marchands de montres et ceux qui proposent des matelas.

Un peu plus haut, ils rejoignirent trois loups de mer qui remontaient en ahanant une antique carriole bricolée. Un des hommes tirait tandis que les deux autres poussaient. Ils étaient tous les trois bronzés par les embruns et violacés par la chopine.

Posé sur le plancher, il y avait un superbe saint-pierre qui allait prendre des proportions gigantesques au fur et à mesure que la journée allait s'avancer. Le soir, à l'apéro, le trio de compères parlerait d'un monstre des mers qu'ils avaient réussi à capturer au prix d'un acharnement exemplaire.

— Belle pièce ! dit Landowski, admiratif.

Lorraine ironisa :

— Eux, ils ont des résultats ! Mais que fait la police ?

Landowski voulut défendre la corporation :

— Elle fait ce qu'elle peut avec les moyens qu'on lui donne ! Facile pour les magistrats d'ordonner !

— Chacun son rôle !

— Faudrait évoluer un peu.

— C'est prévu, Commissaire ! L'ENM* va avoir sa réforme. La ministre l'a annoncée.

— En attendant…

---

*École Nationale de la Magistrature située à Bordeaux.

— On va s'occuper des Calabrais !

Landowski stoppa net. Il posa le cabas sur le trottoir.

— Qu'est-ce que c'est encore que cette nouveauté ?

— Trois morts c'est assez. C'est trop. Trop pour une station balnéaire. Le dessaisissement est en cours.

— Tu vas me dire enfin au profit de qui ?

— Ce n'est pas de ma compétence.

— Et moi, je fais quoi ?

— Rien justement. Plus rien. Tu es en vacances. Capich ?

XXI

Elle est belle. Je l'ai frôlée tout à l'heure. La foule, ça aide. Si j'avais voulu, je pouvais la planter. J'aurais pu fuir.

On ne s'attend pas à trouver une femme au bout d'un couteau. Surtout côté manche.

Elle a une peau veloutée comme un fruit mûr. Je comprends le commissaire. Il ne doit pas s'ennuyer.

Je pourrais moi aussi faire des soins de peau, me prélasser dans le bain à bulles et me laisser masser jusqu'à la nuit. J'arriverais à être comme elle. Mieux même et paraître plus jeune. Mon âge quoi.

Mais j'en ai vu du dur. De ces endroits impersonnels où l'on parque les orphelins, les enfants abandonnés et les laissés pour compte. Où l'amour n'est que dans les livres. Ou sous les draps quand les lumières sont éteintes et que les cerbères ont aboyé leurs derniers ordres de la journée.

Il m'a regardée tout à l'heure. Intensément. Il a un de ces regards qui emballent. J'en ai eu des frissons tout partout. Pourtant je veux qu'il crève !

Il a pensé m'avoir vue. Il ne sait pas où, il ne sait pas quand. Le moment venu, j'aimerais pouvoir lui redire tout ça. Et même si je n'en ai pas la possibilité, j'espère le voir chanceler, mordre la poussière et tomber dans la disgrâce la plus noire. Que ses amis lui tournent le dos, que cette femme superbe le quitte et qu'il se retrouve seul. Comme un con. Comme moi. Tout pareil.

Il est temps d'ailleurs d'accélérer le mouvement. Je commence à en avoir ma claque de tout ça. Il est déjà dans la panade. Il suffit de pousser un peu.

La petite vieille, elle n'a même pas su ce qui lui arrivait. Elle nous a laissés entrer chez elle. On me donnerait le bon Dieu sans confession quand je joue la comédie. Je me file un coup de plus jeune, des yeux plus humides et le tour est joué. J'ai appris tout ça pour en profiter parfois, éviter les coups souvent et survivre tout le temps.

Son ragoût était top. J'avais oublié le goût de ces choses-là. On en a repris deux fois. Pour les coups où j'ai crevé la dalle. On a léché les assiettes et le plat sous ses yeux pendant… qu'elle pendait !

Il a bien fallu la finir. Sa mort faisait partie de mon plan. Une sœur au grand pêcheur de bar. Pensez ! Une figure quoi ! On l'a laissée s'égoutter un peu seule. Je n'ai pas voulu être là à sa dernière seconde.

C'est lui qui a voulu lui faire tout ça. Il a dit que ça foutrait la trouille aux autres, qu'on serait reconnus comme des cas sérieux. Alors que depuis toujours, nous ne sommes, lui et moi, que des merdes immondes !

Bien sûr, j'ai aidé, mais je n'étais pas d'accord. Quand je lui ai dit, il m'a montré le cutter. J'ai laissé tomber.

Elle était gentille. Elle m'avait caressé la main.

Je n'aime pas qu'on me touche.

XXII

Sur la plage du Porigo, face à la résidence Astrida, deux gamins poussaient un optimist jaune sur le sable mouillé. Des adultes novices qui allaient prendre un baptême de hobbie cat attendaient au bord de l'eau, engoncés dans leur combinaison. Plus loin, une monitrice en short rouge et pull noir hurlait des ordres. Un homme âgé qui venait de sortir de l'eau regardait le spectacle d'un air ahuri.

Sur la cale, deux jeunes filles étaient assises face à face. Blonde, l'une comme l'autre. Leurs genoux se touchaient presque. Elles semblaient se raconter leurs histoires de cœur sans se soucier de ce qui se passait autour d'elles.

Un homme seul promenait un chien jaune.

Landowski dépassa la stèle rappelant la reddition des émigrés au général Hoche le 21 juillet 1795. Devant lui marchait un couple de jeunes gens. Lui, vêtu de noir, cheveux très courts. Elle, tee-shirt orange sur short camel. Elle caressait le dos de son ami, la main ouverte, en descendant vers la ceinture, avec un doigt tendu, prêt à transgresser. Un geste lent, probablement très doux. Un sentiment tranquille.

Ils s'arrêtèrent pour s'embrasser. Mer bleue, soleil généreux. Une scène romantique à souhait. Puis la jeune femme se mit à parler. Un coup à jouer *Quai des brumes* version cool. Au lieu d'avoir un timbre sucré voire suave que Landowski attendait naturellement, elle avait un accent à couper au couteau et une voix mal placée. Le charme était rompu.

Le commissaire laissa passer le petit train touristique puis un véhicule de la police municipale avant de traverser la chaussée vers la place occupée en partie par Le Discover, un manège pour enfants. Il n'était plus bien loin.

Il entra sur le parking, puis il attendit sous le grand cyprès. Placé comme il l'était, on ne pouvait pas le voir des coursives. Pas plus que de la rue.

Lorraine était partie faire une sortie en kayak de mer sur la Côte Sauvage. Elle avait tenté de le décider à l'accompagner. Il avait décliné l'invitation en usant de charme et de caresses. Il n'avait aucunement envie de supporter un essaim de greluches terrorisées à l'idée de se mouiller les fesses. Sa compagne était très sensible à ses attentions particulières et elle n'avait fait cette proposition qu'en étant bien certaine qu'il refuserait. En attendant, elle avait vite craqué. Ensuite, il s'était retrouvé seul.

Au bout d'un moment, la noctambule sortit au jour. Elle portait des lunettes de soleil, un ensemble saharien qui n'aurait pas résisté à la première étape dans le Grand Erg Occidental. Elle avait la poitrine bardée d'appareils photos et, sur sa hanche, balançait une encombrante sacoche noire.

Le commissaire pensa naturellement qu'elle partait pour un programme de prises de vues qui pouvait durer. Juste assez pour qu'il puisse s'introduire chez elle et y rester un moment. Il avait besoin d'en savoir un peu plus sur cette discrète noctambule adepte de parties de jambes en l'air au bord des pontons.

Pour ne pas être piégé, il accompagna la photographe de loin jusqu'à ce qu'elle disparaisse au bout de la rue. Il n'avait pas envie de se retrouver nez à nez avec elle si elle avait oublié une pellicule ou autre chose de ce genre. Rien de tel qu'une tête de linotte pour vous tomber dessus au moment où vous la croyez partie aux antipodes. Des maris s'en souviennent amèrement.

Rassuré, il monta à l'étage et arpenta la coursive jusqu'à trouver la bonne porte. Là il ne se retourna pas, justement pour se faire passer pour un locataire lambda qui rentre chez lui. Tourné vers la porte, il sortit discrètement une petite trousse de sa poche de chemise. Une sorte d'étui à lunettes.

C'était un souvenir. Il y tenait beaucoup. Le cadeau inattendu d'un monte-en-l'air qu'il avait surpris devant sa porte quand il faisait les nuits à Grigny. Le voleur s'était défendu en disant qu'il ne pouvait pas savoir qu'il s'attaquait à la serrure d'un flic. Son ingénuité digne d'une comédie de boulevard lui avait sauvé la mise.

Landowski choisit une aiguille puis une autre, les introduisit verticalement dans la serrure avec un écart d'un centimètre entre les deux avant d'agir sur le bec-de-cane. Cinq secondes plus tard, la porte du studio s'ouvrait.

Ce qui le surprit d'entrée ce fut le mur. Il était habillé de trois plaques de verre miroir. L'effet de profondeur était saisissant. Ensuite, il y avait le lit appuyé contre la paroi de verre. Il était jonché de clichés, la plupart en noir et blanc, de différents formats.

Il s'approcha et les regarda méthodiquement. Il y avait là bon nombre de photos de bateaux, de cordages, de balises et de filets. Beaucoup de gros plans artistiques avec du clair-obscur. Des photos prises de nuit aussi avec des points d'éclairage en étoile obtenus avec un travail précis sur la vitesse d'obturation. Du boulot de pro.

Tout en veillant à ne pas déranger le désordre apparent, il souleva le drap froissé. Il examina soigneusement le drap-housse côté coursive puis côté fenêtre. Le lit est toujours riche en enseignement. Ne dit-on pas que comme on fait son lit on se couche ?

Il passa ensuite dans la minuscule salle d'eau, inspecta la douche puis le lavabo. Il regarda un à un les flacons posés sur la tablette de verre. Manifestement, le développement photographique était fait maison. Curieusement, il n'y avait pas le moindre tirage en train de sécher.

Ensuite, il continua sa tournée d'inspection par les

toilettes. Il ne trouva rien de particulier dans un si petit réduit. Il s'intéressa au contenu des valises placées au-dessus du placard passant du linge propre à l'autre. Il fit les poches du blouson ainsi que les pochettes du sac de voyage.

Il lui restait le vanity-case. Sur le premier plateau, il y avait des produits de beauté. Habituel, normal. Sauf qu'il n'y avait que des choses simples. Rien de ces artifices qui sont censés rendre belle. Plus au fond, il trouva une seringue jetable dans une pochette plastique scellée. Il y avait aussi deux ampoules de chlorure de sodium Cooper, solution dosée à 0,9 % injectable par intraveineuse et une autre ampoule sur laquelle ne subsistait qu'une mention : lot 0043 Exp.06.2009.

L'inscription en noir était identique sur les trois ampoules. Comme s'il s'agissait exactement du même produit.

Il trouva également une plaquette de Cortancyl largement entamée. Elle était insérée dans un rectangle de plastique rigide servant à éviter que les morceaux non utilisés de cachets sécables ne s'échappent des alvéoles. Il remarqua tout de suite que tous les comprimés n'étaient pas d'origine.

Une fois revenu dans le séjour, il regarda à nouveau les photos en vrac sur le lit. Ce qui lui sauta aux yeux d'emblée ce fut que le navigateur n'apparaissait sur aucun cliché. Il supposa qu'il y avait un autre paquet quelque part, les photos sur le drap étant plutôt professionnelles.

En cherchant un peu, mais elle n'était pas vraiment cachée, il découvrit une boîte cartonnée. Elle renfermait des images banales identiques à celles que l'on trouve d'habitude dans toutes les familles. Elles semblaient avoir été jetées pêle-mêle dans cette boîte. Plus en dessous du tas, il y avait des photos du couple. L'un ou l'autre, l'un et l'autre. Sans tabou.

Dans le fond, il y avait quelques pochettes d'argentique. Les deux premières n'avaient pas le moindre intérêt. C'étaient des photos du bateau aux endroits où des réparations étaient nécessaires. Une sorte d'état des lieux.

La pochette suivante était plus intéressante. Elle renfermait quelques clichés de Lorraine et de Landowski. Du noir et blanc. Des plans sans grand intérêt ni recherche artistique. Des images volées où l'indécence résidait plus dans la violation que dans le sujet présenté. On était bien loin de l'innocence de ces scènes figées sur la pellicule le temps d'un instant. Le commissaire n'en était pas dupe.

Et en dernier, il découvrit un tirage en 18x24, une photo, une seule, de la jeune femme en kabig et pull rayé, avec en arrière-plan, un terrain en friche. Prise de face cette fois.

XXIII

Le grand escogriffe revenait vers le ponton. Nonchalant. Au bout de son bras gauche balançait un sachet de papier.

Au petit matin, il s'était ébroué comme un chien fou. Il avait passé son pull irlandais, souvenir d'une soirée mémorable dans un port discret situé de l'autre côté du Channel. Il n'avait pas compris ce qu'elle lui disait dans sa langue mais il avait accepté le cadeau.

Puis il avait passé l'écoutille, le nombril encore à l'air, le jean froissé comme un chiffon de chauffeur et les pieds nus. C'était ainsi qu'il aimait être, qu'il souhaitait vivre.

Pour que les contraintes insensées de cette société imbécile ne l'empêchent pas de respirer à pleins poumons l'air universel.

Cette nuit, ils avaient été bien occupés tous les deux. Quand elle était partie, elle ne restait jamais finir sa nuit avec lui, il avait pioncé comme un loir sans trop se couvrir. Il faisait assez chaud dans la petite cabine confinée comme un cocon. Seulement, le frais de l'aube l'avait fait frissonner.

D'ailleurs, il n'aimait pas se prélasser dans la bannette quand le soleil commençait à caresser le pont. Il trouvait ça indécent pour un voileux, voire amoral. Mais sur ce plan, il ne pouvait pas trop faire la fine bouche. D'aucuns auraient eu raison, à juste titre, de lui river son clou. S'il avait fait partie d'un équipage de corsaires, il aurait pu goûter l'eau salée en se balançant au bout d'une vergue. Qui sait !

Comme dans bien des ports de plaisance, le matin est un moment délicieux. Il n'y a guère de bruit mis à part celui des départs au petit jour. Il y a le lève-tôt qui fume une cigarette les pieds au dehors. Il y a la voileuse en short avec le tee-shirt si tendu qu'il défie la plus élémentaire pesanteur. Et le chien de navigateur qu'on vient de libérer pour la promenade matinale.

Il avait eu envie de viennoiseries. En saison, un commerce de proximité s'ouvrait au sous-sol d'une des résidences donnant sur le vieux port. Il devait parfois patienter pour avoir ce qu'il voulait. Question d'horaire, de temps, de feeling. Mais aujourd'hui, il avait faim. Il souhaitait quelque chose de doux qu'il pousserait avec du jus d'orange éventé. Mais qu'importe ! Cette vie-là, il la fréquentait depuis longtemps. Il n'avait pas les moyens d'en changer. Sauf si…

En arrivant au bateau, il remarqua immédiatement qu'on avait donné du mou aux amarres. Ce qui n'est pas conseillé au risque de faire tosser la coque contre les coursives du ponton au moindre clapot.

En tout cas, ce n'était pas de son fait. Il voulait que son navire suive les mouvements du ponton, faisant corps avec lui et indiquant au marin tout changement de temps.

Il vivait à l'instinct, respectait le ciel et la terre, l'eau et le feu.

Le feu !

De la fumée sortait de la cabine, un fin nuage indolent comme celui qui s'élève quand on vient d'allumer ce qui sera tout à l'heure un brasier.

Il se précipita, manqua de tomber à l'eau en voulant poser le pied sur le bateau qui s'était écarté, puis embarqua enfin. Il se rua dans la cabine.

Sur la table du carré, du papier brûlait. Un mégot mal éteint avait dû enflammer les feuilles du journal. Il avait juste commencé son œuvre meurtrière, le temps de l'absence du propriétaire.

Il plia le journal enfermant feu, flammes et fumée et il sortit sur le pont. Il se pencha avant de jeter le tout dans l'eau du port. L'incendie n'avait pas fait long feu.

Il revint dans le carré. Il aéra le local puis il examina les dégâts. À part des taches brunes sur la table en mélaminé, il n'y avait rien de conséquent. Il se dit qu'il n'était pas passé loin de la catastrophe. Un peu plus et le bateau se serait embrasé. Certes, il y avait assez d'eau pour éteindre le feu. Sauf que le voilier y serait passé. Et c'était bien là son seul patrimoine. Du coup, il voulut vérifier s'il ne manquait rien d'important. Il entreprit de fouiller dans les placards et les recoins.

Il ne se sentait pas bien comme s'il avait un problème d'oreille interne. Ses jambes le soutenaient mal. Il perdait l'équilibre comme s'il était en train de tirer des bords lors d'une régate. C'est à ce moment-là qu'il comprit. On avait défait les attaches du voilier pour qu'elles ne soient pas un frein au remplissage de la coque.

Le bateau était en train de couler.

Déjà l'eau sourdait sous les caillebotis. Elle ne perdait pas de temps. Il fallait faire quelque chose. Sauver son patrimoine, son toit. Sa raison d'être. Sa peau.

Il se précipita vers le court escalier et émergea au dehors. Un coup violent à la tête le cueillit. Comme une fleur nouvelle qui s'en va vers…

Il chuta lourdement. C'était chaud et épais. Du sang coulait dans sa bouche. Il cracha, mais le liquide l'envahit encore.

Un moment, il pensa au départ du feu. Il ne pouvait pas être responsable de la perte de son bateau. Non, ce n'était pas lui. Il n'avait pas fumé ce matin-là.

XXIV

Au même moment ou presque, Landowski contemplait la mer. Il était revenu au petit matin, comme à remords, vers l'appartement occupé par cette étrange photographe.

Il avait séjourné longuement à Quantico pour s'initier puis apprendre le profilage. Les techniques qui lui avaient été inculquées pendant des semaines, exigeaient des immersions fréquentes in situ.

S'il voulait comprendre ce qui était en train de se passer, les tactiques, les stratégies et les jeux de rôles, il ne pouvait que marcher sur le même trottoir, respirer le même air, ressentir les mêmes ondes, positives ou négatives de suspects qu'il était en train de surveiller. C'était à ce prix qu'il allait trouver la solution. Disculper les uns pour confondre les autres, il avait ce tri essentiel à faire. Ici, les zones d'ombre étaient tenaces.

L'immeuble paraissant bien calme, il avait traversé le passage à double entrée. Face à la plage, un bateau de la douane portant le matricule DF36 mouillait à quelques encablures. De quoi donner raison à Lorraine avec sa filière calabraise.

Sur le sable, les machines s'activaient pour nettoyer la plage, tamiser et ratisser le sable et faire disparaître les vestiges des châteaux de sable si soigneusement édifiés par des armées de gamins bâtisseurs. La cribleuse Beach Tech mangeait les monticules et restituait un tapis uniforme qu'elle redéposait sur la plage comme un ruban de pâte à gâteau sortant d'un laminoir.

Un bateau de transport de passagers traçait sa route au large. Il allait rejoindre son poste d'amarrage avant de se voir envahir par des hordes de touristes en mal de mini-croisières.

Quand il parvint devant la cabane en bois de l'école de voile, il comprit qu'il y avait un os dans le pâté. Un hélicoptère fonçait dans sa direction. En voyant ses couleurs, jaune et rouge, il comprit sans peine qu'il s'agissait de l'appareil de la sécurité civile.

En observant le déplacement de l'engin, il pressa le pas. L'hélico abattait sur sa gauche. Quand il parvint à la hauteur des toilettes publiques, il le vit passer à la verticale de la forêt de mâts puis obliquer vers le Fort Neuf. Cette fois, il se mit à courir.

Empressement juste suffisant pour voir l'Eurocopter EC 145 immatriculé F-ZBPP se poser sur la partie herbeuse située devant le mur d'enceinte du fort. Une ambulance attendait portes arrière ouvertes. Les grilles du fort étaient ouvertes elles aussi.

Pompiers et personnel médical amenèrent un brancard avec les précautions d'usage. L'homme étendu sur la civière semblait bien mal en point. Landowski usa de sa qualité pour s'approcher. Le blessé était touché à la tête. Le thorax semblait assez largement brûlé et les jambes étaient emmaillotées de pansements au grand pouvoir absorbant. Pourtant, le sang dessinait déjà des rivières et des lacs. En se penchant, il reconnut sans peine le grand escogriffe.

— Que s'est-il passé ? demanda-t-il au chef d'intervention.

— Justement, on ne sait pas ! Le blessé présente de larges brûlures. Ses vêtements sont trempés.

— Qui vous a prévenus ?

— Coup de fil anonyme.

— Vous l'avez trouvé où ?

— On a cherché un cadavre en vain en dehors de la palissade de protection, sur les rochers. Conformément à l'information.

— Il n'y était pas ?

— Non. Il était allongé dans la casemate.

Le pompier se retourna pour indiquer la construction intégrée dans le mur d'enceinte.

— Il s'est traîné là-dedans tout seul ? demanda le commissaire.

— Possible. Il y a des traces. Il a dû s'évanouir ensuite. Trop d'efforts d'un coup.

— Il a dit quelque chose ?

— Il était inconscient quand on a pu l'atteindre. On a eu du mal à l'extraire. Pas faite pour un brancardage, la guérite ! Il n'a pas encore repris connaissance.

— Pronostic ?

— Trop tôt pour le dire.

Il abandonna Landowski et il s'approcha de la machine où le blessé avait été installé. Il parlementa avec l'équipage puis il s'écarta rapidement. Dragon 56 s'envola aussitôt.

Landowski regarda le point diminuer dans le ciel puis disparaître. L'ambulance des pompiers s'en alla à son tour. Il se retrouva seul devant la grille refermée.

Il s'en approcha et examina le cadenas à tige qui en interdisait l'ouverture. Il remarqua sur la droite des morceaux du panneau de bois qui indiquait : « *Terrain militaire - Défense d'entrer.* »

Du coup, il eut envie de passer de l'autre côté. Il longea le mur d'enceinte, puis il trouva le moyen d'y monter et de sauter à l'intérieur du fort. Il négligea les vestiges d'un bâtiment de garnison pour s'intéresser à la casemate.

Le boyau maçonné qui y menait était humide, sale et nauséabond. Il remarqua des traces dans la boue, laissées par la reptation du blessé probablement.

Il se dirigea vers la mer, passa la palissade et descendit sur les rochers. Il trouva sans peine l'endroit où le grand escogriffe s'était allongé un moment.

S'était allongé ou avait été déposé ?

Vu la configuration des lieux, on l'avait accompagné et contraint. Ou amené par la mer et hissé sur les rochers. Pas facile vu le profil de *cuesta* de l'enrochement de la pointe de Kiberen.

Et pourquoi ce lieu ? Mise en scène ? Mise à mort ratée ?

Landowski abandonna le Fort Neuf à ses secrets. Il descendit vers la plage en sautant de roche en roche. Il ne s'attarda pas sur les innombrables huîtres sauvages qui constellaient son parcours. Il n'avait pas le temps d'aller à la pêche.

Il rejoignit rapidement le ponton A et descendit vers le voilier en bois qu'il avait déjà visité. L'emplacement était presque dégagé, le bateau étant sous l'eau. Sur les lattes de bois du ponton, il y avait abondance de marques sanglantes.

Curieusement, la photographe semblait avoir déserté les parages. On disparaît quand on a quelque chose à se reprocher.

Landowski tourna les talons et allongea une petite foulée pour sortir de la zone portuaire. Il continua à courir façon joggeur le long du front de mer. Il pensait avoir une chance, une toute petite chance, de trouver la photographe encore au gîte.

Il traversa la chaussée, évitant de justesse une voiture qu'il n'avait pas vue arriver derrière lui. Il gravit les marches, poussa une porte, traversa le vestibule et se retrouva sur le parking.

Il gagna les étages, marcha vite sur la coursive et s'arrêta devant la porte.

Il sonna. La sonnerie sembla retentir dans le vide. Il sortit sa trousse-miracle et fit obéir la serrure sans difficulté.

Il referma derrière lui au verrou pour éviter les surprises, puis il entra dans la pièce.

Elle était rangée. Le lit avait été replié en banquette. Aucune photo, aucun objet. Aucun indice. Si. Un.

Une inscription au rouge à lèvres barrait le mur-miroir : « *VIVA LA MUERTE !* »

XXV

— Dis, Lando, tu te régales ?

Le commissaire était accoudé à une rambarde. Il avait la plage de Carnac devant lui. Il se retourna à peine.

Jim Sablon s'approcha davantage.

— Tu mates grave, on dirait ! insista le collègue flic.

— Je profite de la vue, c'est tout !

— Ouais, c'est ça ! Essaie donc de m'endormir ! Je te connais depuis l'temps !

Il leva le doigt vers une jeune femme qui descendait les marches vers le sable, une serviette posée sur le bras à la manière d'un loufiat.

— C'est y pas beau ça ? Fraîche, grande, avec un popotin qui balance façon métronome !

Landowski souffla.

— Qu'est-ce que t'es lourd ! La miss, elle est trop grande pour toi. Et elle ne t'a pas attendu, tu penses bien !

— T'en sais rien ! Elle a peut-être une place dans sa Porsche !

— Sauf si elle est venue par le bus ! À sa façon de porter la serviette, elle serait plutôt du genre serveuse en coupure que riche héritière d'un industriel amerloque !

— Tu brises net mon rêve ! C'est pas gentil, ça !

— À part tes bouffées de libido, tu as quoi pour moi ?

— On a travaillé dur pour toi. Il te reste quelques amis fidèles !

— Mes ennemis le sont tout autant. Accouche !

— Ce que t'es pressé ! Cool Raoul !

Sablon remarqua la mine renfrognée du commissaire. Il comprit qu'il devait mettre un terme à son festival.

— Tu avais raison, dit-il. Les analyses révèlent des trucs.

— Pour peu qu'on cherche dans le bon sens. Et alors ?

— Odilon a bouffé du lion. Il avait quelques appétits, pépère ! Une greluche en point de mire probable !

— Et tu m'annonces ?

— La psilocine qu'on a repérée précédemment, ce serait plutôt de la méthoxibogamine. Une tryptamine de type harmane extraite d'une plante angiosperme. Probablement un tabernanthe.

— Tu as appris ta leçon par cœur ou quoi ? Je crois entendre un médicastre !

— Holà ! Je m'intéresse à la science, moi !

— Donc la substance en question c'est de l'ibogaïne.

— Exact !

— Tu ne pouvais pas le dire plus tôt ?

— Tu connais cette poudre, toi ?

— Un peu. C'est à base de substance hallucinogène. On en a repéré dans des séminaires en Ardèche, en Eure-et-Loir et dans le Calvados. Des séances de revalorisation de soi et de voyage intérieur.

— Je vois l'genre !

— L'ibogaïne a des effets stimulants et euphorisants à petite dose. On l'a utilisée contre la faiblesse musculaire ou la dépression. C'était dans les années soixante.

— Tu as potassé le sujet !

— Je suis tombé dessus quand on a logé les mecs du côté de Boca Chica à Saint-Domingue. J't'en ai parlé quand on planquait à Mallemort.*

— Ils avaient cette dope en magasin ?

— Entre autres. Avec un gramme et plus, tu provoques le délire. Un état de transe accompagné d'hallucinations visuelles et auditives qui peut aller jusqu'à perdre la notion du temps et de l'espace. L'illusion de la lévitation aussi.

— Tu veux dire que l'Odilon voulait s'envoler ?

— On a voulu le lui faire croire !

— Et il a pris le bouillon !

— Tu comprends maintenant pourquoi je voulais des analyses supplémentaires.

— *Ya, mein General* ! Et pour le VRP ?

---

*Lire *Fugue en Ré* même auteur, même collection.

— Son cas est différent. Il est resté stoïque devant la mort. Pour moi, y a que les samouraïs qui peuvent faire ça.

— Et Louis XVI !

— Il a évoqué La Pérouse pour penser à autre chose. Avant de monter les marches…

— Histoire de couper court !

— Nostalgie des abattoirs de La Villette, hein ? Toujours aussi fin, le titi parisien !

— Chez moi, on était plutôt communards que royalistes ! Je ne renie pas mes origines !

— Toujours est-il que ça m'a interpellé quelque part !

— Et tu as demandé plus…

— Les chimistes ont dit quoi ?

— Présence d'anectine !

— *Yes* !

Jim pointa la satisfaction du commissaire :

— Il te fait de l'effet à toi aussi, ce médoc ?

— L'anectine, si tu ne la cherches pas précisément, tu ne la trouves pas. Elle se métabolise de telle façon qu'elle n'apparaît pas à l'analyse.

— Et c'est quoi ton élixir ?

— C'est un bloquant musculaire employé en chirurgie. On administre ça aux malades placés sous assistance respiratoire pour éviter qu'ils ne se débattent.

— Comme ça, on peut les charcuter, tranquille…

— Tu as de ces mots !

— Et on ne bouge plus ?

— Le mec reste conscient. Pleinement conscient. Le diaphragme monte et descend, le cœur fonctionne. On peut faire clignoter les yeux, mais tous les autres muscles sont inertes. Genre poupée en celluloïd quoi !

— Le VRP a joué au sous-marin, les yeux ouverts ?

— Sans pouvoir bouger.

Jim chaloupa pour appuyer ses dires.

— Faut quand même gazer maousse pour savoir tout ça !

— Ou avoir fait des études de médecine !

— À part ça ?

— La sœur d'Odilon a été travaillée à mort par des vilains.

— Le palmarès continue à ce que je vois !

— M'est d'avis qu'on n'a pas fini la série !

— On joue à quoi ?

— Si je le savais. J'ai un suspect qui s'est fait porter pâle. Une autre qui s'est fait la malle.

— Et Lorraine, qu'est-ce qu'elle dit de tout ce bousin ?

— Elle ne dit rien.

— Tu ne lui en parles pas ?

— Elle va me voler dans les plumes si je lui gâche ses vacances. Elle insiste pour que je laisse tomber.

— Tu joues profil bas devant elle, un homme de ton poids ?

— J'aime me la jouer détective. À la Pinkerton !

— Sauf qu'à la Grande Maison, y en a qui se marrent comme des baleines !

— Laisse-les donc s'amuser. Pendant qu'ils jouent à la marelle, je progresse. Enfin, j'espère. C'est mon style. Je n'en ai pas d'autre. Mais je vais y arriver. Les résultats que tu viens de m'apporter vont éclairer ma lanterne. Le blessé parlera quand il sera sorti de l'hosto. Et la miss qui était avec, je vais réussir à la loger au bout d'un moment.

— Et optimiste avec ça !

— Là, je reviens d'Auray. J'ai consulté le cadastre.

— Tu veux acheter un terrain ?

— Vu le prix actuel, je ne suis pas tenté. Mais d'autres le sont peut-être. Surtout si c'est en promo ! Faut voir, chercher, trouver. Et conclure. La fin des vacances, c'est bientôt.

— C'est fou de voir comment tu crois en ton étoile !

— Parce que je compte sur moi d'abord. Je ne sais pas ce que veulent ces tueurs de vieux. Ils essaient de me le dire, on dirait. À moi de comprendre. Tu sais bien comment c'est une enquête. Il y a fatalement un moment où tu sors du bois. Ou alors c'est foutu de chez foutu !

— Lonserand espère que tu vas t'enliser grave dans les sables mouvants !

— J'ai connu un trip comme ça, il y a six ans.

— Et tu t'en es arrangé comment ?

— J'ai couché avec Lorraine !

XXVI

Le Cessna 150 venait de quitter la piste 11 de l'aérodrome de Quiberon pour un vol VFR*.

Par vent d'ouest, le décollage se fait face à la mer. Le QFU** de la piste donne au pilote le choix du sens de décollage ou d'atterrissage en fonction du vent.

L'appareil fila en direction de la mer avec une vitesse de 70 kts*** pour effectuer sa montée. Une fois stabilisé à 2500 t/mn, il vira sur l'aile gauche pour revenir vers la côte.

— Vous auriez pu prendre le manche ! dit le pilote, instructeur du Quiberon Air Club.

On entendit grésiller la radio :

— …take-off !

Un Airbus annonçait son décollage de l'aéroport de Lorient Lann Bihoué.

— J'aurais pu ! concéda le policier. Je le connais bien ce zinc ! Mais aujourd'hui, je veux me faire balader ! J'ai des choses à voir et des photos à prendre. L'aile haute, c'est pour ça.

---

*Visual Flight Rules : vol à vue.

**Direction magnétique d'une piste d'aérodrome.

***Vitesse en nœuds lue sur l'anémomètre (aéronautique).

— On va où ?

— Verticale de Saint-Julien. Comme on a dit tout à l'heure. Avec une boucle pour que je sois placé côté terre.

Landowski indiqua au crayon une zone sur la carte DIRCAM 1 aéronautique France Nord-Ouest qu'il avait emportée avec lui, puis précisa son objectif sur une carte aérienne de la presqu'île. Le pilote acquiesça d'un mouvement de tête sans dire un mot.

Le commissaire espérait comprendre ce qui se tramait en survolant le terrain qu'il avait pu identifier grâce au cadastre et à l'aide du commandant de brigade.

Chez la photographe, il avait dérobé des clichés. Il se demandait d'ailleurs si ses menus larcins n'avaient pas incité la noctambule à brûler ses vaisseaux. Il sourit. L'expression collait parfaitement à la réalité. Le voilier, renfloué depuis, avait subi un incendie. La cabine avait souffert. D'abord le feu. Ensuite, l'eau. Rien de tel pour faire place nette, effacer des traces, détruire des documents et s'exonérer de toute accusation. Comme il s'en était douté, les documents qu'il avait regardés à bord avaient disparu. Du travail de pro.

L'arrière-plan assez large de la photo grand format avait parlé au gendarme. Un toit de maison et un arbre droit comme une flamme avaient permis de retrouver l'endroit assez vite. Mais la jeune fille qui souriait à peine restait non identifiée. Pas pour longtemps.

Une fois sur place, le commissaire n'avait pas trouvé d'indice probant. C'était un lieu banal, peu entretenu, presque abandonné. Il n'y avait que landes et broussailles. Seules, les dimensions du terrain pouvaient attiser les convoitises. Même s'il était détenu par plusieurs propriétaires en indivision. Comme les services du cadastre l'avaient indiqué.

Il repensa à la jeune femme disparue dont il avait vu la morphologie avantageuse offerte sur la bannette. On ne l'avait plus vue depuis que le grand escogriffe s'était fait brûler la couenne. Elle avait dû découvrir qu'on avait visité son petit intérieur. Il lui avait probablement suffi d'un peu d'attention pour s'apercevoir de la disparition de certains objets.

Du coup, elle avait pu vouloir couper les ponts et mettre de la distance entre elle et ses poursuivants. Le mieux, le plus radical était de se débarrasser de son compagnon navigateur. Au port, il se voyait comme le nez au milieu de la figure. Sans lui, on ne pourrait remonter jusqu'à elle. Sauf celui qui avait pénétré chez elle par effraction douce.

— On y est dans vingt secondes ! annonça le pilote.

Landowski se pencha.

— On peut raser les mottes ?

— De quelques pieds en moins seulement. On entre dans une zone à 3000.

— Je sais tout ça.

Landowski examina longuement le terrain et prit quelques photos.

— On peut refaire un tour ? demanda-t-il.

Le Cessna inclina sur la gauche.

Landowski avait bien vu. Il voulait donner le change comme quelqu'un d'indécis. Le terrain était idéalement placé, presque carré, en bordure de route et facile d'accès.

— Deuxième passage ! annonça encore le pilote en regardant droit devant lui.

Landowski prit une seule photo et s'attacha à bien identifier les communications. Deux routes arrivant en V, la mer au fond. Un bel endroit. Vraiment.

Quelqu'un avait intérêt à faire place nette.

— On rentre ! dit-il.

Un grésillement annonça que quelqu'un allait intervenir sur la fréquence. Il s'agissait de l'appareil utilisé pour les lâchers de parachutistes. Le commissaire avait déjà suivi son évolution. Il avait bien associé le silence soudain et relatif de l'appareil annonçant le largage puis le claquement des toiles s'ouvrant dans le ciel.

Le Cessna passa au-dessus du port de plaisance, fila en direction de la Teignouse avant de se placer dans l'axe du terrain, avec l'église de Quiberon comme balise d'approche. Le pilote plaça les volets à 10° en approche puis à 30° en finale avant d'arrondir pour toucher tranquillement l'enrobé de la piste.

L'avion tourna à gauche pour rejoindre le parking et roula en direction du poste à carburant. L'appareil servant aux cours pratiques allait refaire le plein.

Landowski attendit l'arrêt moteur puis la succession de gestes techniques indispensables au respect de la check-list avant de quitter l'appareil. Une fois sur le tarmac, il disposa la ceinture de sécurité en X sur le siège passager comme il avait appris à le faire au cours de son instruction. Il avait eu affaire à un ancien pilote de l'Aéronavale qui ne supportait aucun relâchement. Il avait bien raison.

Landowski revint vers la terrasse du club, passa le petit portillon blanc interdisant l'accès du parking aux visiteurs sans assurance pilote.

Comme souvent, il y avait quelques jeunes, pilotes et aficionados, à boire un verre. Il passa la porte vitrée et entra dans le bar. D'habitude, il tournait à gauche pour faire viser son carnet de vol au chef-pilote. Étant passager pour cette fois, il était exempté de cette formalité.

Au bar, il y avait une femme qui lui tournait le dos. Il la reconnut sans peine.

— Qu'est-ce que tu fais là ? demanda-t-il en s'approchant.

Lorraine se retourna. Elle était assise sur un tabouret, les jambes croisées et les genoux découverts. Elle portait une jupe serrée et un chemisier qui ne l'était pas moins. On aurait dit *Le Dahlia Noir*.*

— Je t'attendais, dit-elle d'une voix suave.

— Tu joues dans un film ou quoi ?

*Allusion au roman de James Ellroy.

— Je fais la taspé qui attend le pilote superviril au bar de l'escadrille !

Elle se passa un long doigt sur la lèvre inférieure.

— Très réussi ! Mais je n'ai pas piloté aujourd'hui.

— Je suis arrivée trop tard pour assister au décollage. C'est ce qu'on m'a dit ! C'est pour ça qu'il n'y a pas de comité d'accueil ?

— Ma cote est peut-être en baisse. *Quien sabe* ?

— En attendant, tu fais des repérages de là-haut ? Une fille qui bronze sur le filet d'un cata mouillé en baie ? Et qui fait de grands signes ?

— Deux ! Bronzées ! Sans rien sur la peau !

— Quelle santé ! Je ne m'étonne pas. C'est ce qu'on m'a dit !

— Qui ça, on ?

Elle pencha la tête.

— Tu n'aimes pas entendre ça, hein ? N'aie pas peur, je parle de ta réputation. Elle ne date pas d'aujourd'hui !

— Réputation n'est ni réalité, ni vérité.

— Pas de fausse humilité, Lando ! Je te connais quand même un peu.

— Donc je n'ai rien à t'apprendre. C'est en connaissance de cause, on va dire.

Il laissa un ange passer.

— On rentre ? proposa-t-il.

Lorraine descendit du tabouret en en faisant des tonnes.

— Le commissaire aurait-il des appétits pressants ?

— J'aime les stars fringuées comme toi !

— Tu voulais certainement dire que tu m'aimes en star fringuée comme ça !

— Tu as rectifié toi-même !

— C'est toute la différence !

Ils quittèrent le club house.

— Il y a eu un appel pour toi, dit-elle sans le regarder.

Un appareil à aile basse décollait.

— De qui ?

— Une Emma Choomack.*

— Connais pas.

— Elle, elle te connaît.

— Choomack, tu dis ?

— Exact, Monsieur le commissaire. Une voix plutôt jeune, agréable en tout cas…

Landowski se tourna vers Lorraine.

— Jalouse ?

— Je te l'ai déjà dit ! Toujours ! Tout le temps !

— Cho a perdu ses parents dans un accident de la route. Son père conduisait une Mustang, un bolide bichonné comme un bijou. Il aimait ça, les bagnoles, la vitesse.

— Les femmes, lui aussi, je suppose…

Landowski ne répondit pas.

— Accident ? insista Lorraine.

---

*Retrouvez Emma Choomack dans les romans de Philippe-Michel Dillies, même collection.

— Justement non ! Disons que la Grande Maison a choisi de faire du ménage. Son père devenait si incontrôlable qu'on a préféré le faire sortir de la route.

— Tu accuses ?

— C'est la stricte vérité !

— Attention à toi, Lando !

— Ils n'oseront pas !

— Ne jure de rien !

— Ils y sont passés tous les deux. Sa femme était avec lui. Emma aussi. Elle est la seule rescapée. Elle a été projetée avant que la voiture n'explose.

— Qu'est-ce que tu as à voir avec ça ?

— Cho était lieutenant dans la police. Elle a démissionné pour enquêter sur la mort de ses parents. On dit qu'elle a maintenant quelques dossiers dans son placard.

— Contre toi ?

— Pas moi, non. Elle est simplement persuadée que deux personnes peuvent lui dire ce qui s'est réellement passé ce jour-là. Le premier c'est le commissaire Oscar Kerlok.

— Le second, c'est toi ?

— Elle le croit.

— Tu vas la rappeler ?

— Je ne pense pas faire ça. Ce n'est pas encore l'heure.

— Tu attends ta retraite ?

— Ou ma démission !

— On dirait que tu en as marre de la police…

— Parfois oui !

— En tout cas, elle te cherche, cette Cho !

— Je crois l'avoir croisée sur l'île de Ré quand je courais après les Nérac.

— Croisée ? Seulement ?

— Vue, jaugée… de loin !

— Et forcément, elle t'a plu.

— J'aime les félines.

Il la prit par le bras.

— À propos, si on rentrait enfin ?

XXVII

Le retraité de la marine ouvrit sa porte.

Il vivait depuis deux ans à l'écart du bourg de Plouharnel dans cette maison vétuste qui avait abrité sa mère jusqu'à sa mort. Celle-ci s'était réfugiée dans cette masure qui lui venait de son côté à elle quand sa fille avait accaparé la maison familiale à Quiberon. Le mari s'était pendu à cent mètres de là.

L'héritier n'avait pas eu le courage ni le désir d'y faire des travaux. Il l'avait érigée en maison du souvenir et transformé la chambre de sa mère en sanctuaire. Il avait amassé des objets lui ayant appartenu et des images pieuses et, avec tout ça, il avait organisé un curieux bric-à-brac tenant davantage de l'échoppe d'un brocanteur que d'un reposoir.

Il toisa le couple qui se tenait sur le seuil. L'homme et la femme se marchaient presque sur les pieds, le palier situé en haut des marches du perron étant très étroit.

— Qu'est-ce vous voulez ?

Il n'avait pas pris sa mine la plus accorte pour poser sa question.

— On nous a dit que vous aviez navigué…

— Ohé, ohé matelot ! cria-t-il à qui voulait l'entendre.

L'évocation de son activité passée venait de le dérider un instant. Il reprit son sérieux.

— Et alors ?

— On voudrait vous montrer des photos d'équipage. Peut-être que vous les connaissez. On est à la recherche d'un soutier et…

— Un soutier ? Y a belle lurette qu'il n'y a plus de charbon dans les bateaux !

— Peut-être que c'était un mécanicien… On ne sait pas.

— Venez me montrer ça ! J'vais vous dire moi ce qu'il foutait à bord, vot'garcier !

Ils le suivirent dans la salle à manger encombrée de meubles sculptés aussi lourds que des gueuses de plomb et surchargés à l'extrême.

— Déballez votre truc sur la table !

La femme ouvrit le porte-documents et elle étala des photos en noir et blanc.

— 'Foutez d'ma gueule ? C'est pas des photos d'équipage ça ! Des écoliers tout au plus ! Si c'est tout ce que vous avez à faire, déguerpissez de mon carré. Fissa !

Il se retourna juste assez vite pour voir l'homme brandir une courte barre de fer et trop tard pour éviter le coup violent à la tête. Il tenta de se rattraper au chemin de table brodé mais il ne put interrompre la chute qui était en cours.

La soupière en vieux Quimper suivit le mouvement et se brisa en mille morceaux sur le parquet usé.

L'ex-marin accusa le coup, mais sa vieille carcasse résistait bien. Il en avait vu d'autres. Les rixes au sortir du bordel de Saigon ou des bouges de Singapour l'avaient aguerri. Lui et son frère avaient bien connu Lulu la Nantaise avant de se colleter avec les violences des nuits chaudes…

Il se releva et fonça tête baissée vers son agresseur. Le taureau blessé, aveuglé par le sang qui lui coulait dans les yeux, tituba sous le deuxième coup.

L'homme aux yeux fous le soutint.

— Les toilettes, c'est par où ? demanda la femme.

— Pisse dans ton froc !

— Je disais ça pour vous, dit-elle d'un ton presque contrit. Tu n'imagines pas à quel point tu vas avoir besoin d'y aller !

Pour la première fois, il eut peur. Et cette peur se lisait sur son visage ensanglanté.

— C'est par là ! dit-il en indiquant une porte entrouverte.

Ils l'entraînèrent. La porte du réduit était ouverte. Ils l'installèrent sur la lunette après avoir abaissé le couvercle.

— Vous serez bien ici.

— Qu'est-ce que vous allez me faire ?

Aucune réponse ne vint.

— Tout à l'heure, le facteur va passer, dit-il.

— Vous attendez du courrier ?

— Ma feuille de pension.

— Ce ne sera peut-être que demain…

Il s'énerva.

— C'est aujourd'hui, aujourd'hui ! martela-t-il comme pour s'en persuader.

— T'inquiète, pépère, on en aura fini avec toi quand le facteur s'annoncera à ta porte.

— C'est mes sous que vous voulez ? demanda-t-il, inquiet.

— Ben voui ! minauda-t-elle.

Il se défendit comme un beau diable. Il avait de la ressource malgré la blessure à sa tête qui lui faisait affreusement mal.

— Vous les aurez pas !

— Et si on te travaille un peu, hein ? Tu finiras bien par cracher le morceau ! Tu devrais te regarder dans une glace. Tu n'es pas beau à voir !

— Vous allez me torturer ?

— Tout de suite les grands mots ! C'est vilain ça ! dit la femme d'un air faussement enjoué.

— J'ai tout à la banque, alors…

— Et tes papiers ?

— Des papiers de quoi ?

— Propriété, achats, ventes… Des trucs comme ça…

— J'ai rien.

— Là, tu mens. Et ça ne me plaît pas.

La femme se recula pour laisser son acolyte agir. Il frappa par deux fois. Fort, très fort !

L'ancien marin perdit connaissance.

Ils en profitèrent pour visiter la maison, surtout les tiroirs. Ils firent main basse sur l'argent qui était bien mal caché, sur des bijoux et des papiers jaunis.

Ils revinrent vers le blessé avachi sur sa cuvette de toilettes. L'homme lui retroussa le bras tandis que la femme préparait une seringue.

La victime eut un sursaut quand l'aiguille pénétra dans la veine. Il sembla reprendre connaissance, s'agita quelques secondes, puis ses yeux se révulsèrent et il s'affaissa.

Avant de partir, la femme regarda le cadavre et se pinça le nez.

— Je t'avais dit que tu serais mieux dans les toilettes !

XXVIII

Tu vois, Commissaire Landowski, ce dont je suis capable. J'ai du sang sur les mains. À cause de toi. Oui de toi. Vas-tu comprendre enfin que tu es entré dans la nasse et que tu n'en sortiras pas indemne ?

Odilon n'a pas compris ce qu'il lui arrivait. Il planait, le pauvre vieux. Il croyait à la grande aventure. Un truc de ses vingt ans. Une femme offerte sur un plateau. Belle et désirable. Accessible et peu farouche. Un cadeau quoi !

Et attention, hein ! Pas pour s'amouracher bêtement et s'empêtrer dans un parcours aussi inutile qu'impossible. Non, une histoire sensuelle à souhait. Avec des débordements secrets et des folies innommables.

Il a connu l'ivresse des sommets, puis celle des profondeurs. Une bonne dose administrée au bon moment et le pêcheur est parti à la chasse. La dernière. Celle qu'on tire avant la révérence.

Et toi, le commissaire en chef, tu as débarqué tout simplement. Je t'ai ferré comme du menu fretin sans avoir à appâter vraiment. Un peu d'intelligence, une pointe de coïncidence et tu es monté à l'assaut. Pourfendre. Sus à l'adversaire pourvu qu'il soit un ennemi respectable.

Ce n'est pas mon cas. Je vais te surprendre, sûrement te décevoir quand nous ferons les comptes ensemble. Parce, vois-tu, je n'ai pas l'intention de rester anonyme. Je veux que tu saches qui je suis, pourquoi j'ai fait tout ça. Pour que tu prennes ta part de responsabilité. Je partagerai mes crimes avec toi.

Le représentant de commerce, ce Jossip Ripert, il a cru bêtement qu'il allait se taper une femme comestible à souhait sans qu'elle renâcle un instant sous l'homme qui la pénètre. De force ou presque, comme un droit de cuissage moderne. Eh bien, non, ce n'est pas comme cela que je voyais les choses. Nous étions en affaire. Je ne mélange pas le commerce et le sentiment. Il m'a vu venir, trop tard certes, mais l'aiguille enfoncée, il a compris que sa vie était en liquidation. Ses yeux m'ont regardée avec cette terreur effroyable que je sentais monter en lui. Il a transpiré les larmes qu'il ne pouvait même plus laisser couler de ses yeux. C'est sublime un homme qui souffre.

Il a voulu me soumettre. Je ne l'ai pas laissé m'avilir. Je lui ai trouvé une porte de sortie. Le néant lui allait si bien ! Exit Ripert !

J'ai continué.

Herveline a voulu jouer à l'altruiste. Alors que ce n'était pas son genre. Son bon cœur l'a perdue. Je n'étais pas d'accord pour l'éventrer. Je ne suis pas seule dans cette affaire. Il a envie de choses. Je ne peux tout lui interdire. Il serait capable d'user de ses actes sur moi.

Enfin, il y a eu ce retraité de la marine. Prétentieux à souhait et incapable de croire que l'on puisse attenter à sa vie. Il a fini sur la lunette des toilettes, le cœur explosé de ne plus pouvoir faire son beau travail.

J'ai fait tout ça pour toi, Commissaire Landowski. Tu es le coresponsable de tous ces malheurs. Tu as fait de ma vie un enfer. J'ai voulu te rendre la monnaie de sa pièce. Et ils sont morts à cause de toi.

Cette Lorraine Bouchet se détachera de toi. J'ai tout fait pour qu'elle te plaque le moment venu. Tu passeras pour une truffe devant ton administration. Tu te seras gouré, fourvoyé, perdu dans une affaire trop confuse. Un labyrinthe à laisser des plumes. Et tes amis auront ta peau. C'est ainsi que je vois l'apothéose.

Et quand il ne restera rien de toi, qu'une pauvre chose ayant été, je pourrai me pointer.

Pour te cracher dessus.

XXIX

— Et il a quitté l'hôpital comme ça ?

Landowski hallucinait.

— Il avait repris connaissance. Les blessures n'étaient pas si profondes. Impressionnantes seulement. Elles ont été traitées. Et il n'est pas parti “comme ça”. Son transfert a été autorisé vu la prise en charge présentée. Une ambulance est venue le chercher.

— Qui a signé la décharge ? demanda-t-il, toujours pragmatique.

— L'infirmière avait un titre de transport.

— C'est quoi l'adresse ?

L'employée se pencha et allongea le bras sous la banque d'accueil.

— Attendez, le bon n'est même pas encore classé. Il est dans la bannette des en-cours.

Elle exhiba une liasse colorée.

— Il y a quoi sur votre foutu papier ?

Elle déchiffra. L'écriture devait être “médicale”.

— Clinique de… la Sirène, Port Haliguen, Quiberon !

— Vous connaissez ?

— Ben non, dit-elle en haussant les épaules. Mais vous savez, des établissements d'accueil, il s'en crée tous les jours !

Landowski commençait à s'énerver. La pauvre employée s'en aperçut. Le commissaire ne devait pas être le premier à faire du cirque à l'accueil.

— Il y a une adresse, un numéro de téléphone ! annonça-t-elle, comme si le Père Noël venait d'arriver.

— Bidon ! laissa-t-il tomber.

Elle n'abdiqua pas.

— La prise en charge est signée d'un médecin.

— C'est quoi son nom ?

— J'ai du mal à déchiffrer. Lando quelque chose…

Il tendit le bras, le visage fermé.

— Donnez !

Il saisit le bordereau et y déchiffra un nom. Le sien.

— C'est moi !

Elle eut beau jeu tout à coup. Elle tenta l'ironie :

— Ben alors, qu'est-ce que vous cherchez ? Le malade est parti chez vous, docteur Landowski !

— Il y a un hic. Cette clinique n'existe pas ! Je ne suis pas médecin mais commissaire de police !

L'employée perdit de sa superbe.

— Vous voulez dire qu'on nous a volé un patient ?

Le flic laissa tomber. Il ne servait plus à rien de s'énerver. D'ailleurs, il n'était pas chargé de…

— Mais non ! dit-il, tout à coup rassurant. S'il devait s'en aller…

— C'est ce qui s'est passé !

— Alors pas de souci ! Nous allons le retrouver. Ne vous inquiétez pas !

Il eut envie d'ajouter « mon petit » à la manière de ces grands patrons de clinique, crinière au vent et blouse immaculée, paternalistes à souhait et friands de chair fraîche. Certains. Il ne faut pas mettre tout le monde dans le même sac.

Sauf que le blessé s'était tiré très vite de l'hosto !

Il n'avait peut-être pas fait la belle tout seul. On était venu l'attendre et le soustraire à des soins. Ceux qui avaient essayé de le supprimer pouvaient avoir la récidive dans le sang. S'il savait quelque chose sur des agissements criminels, ce qui pouvait tenter de justifier qu'on veuille en finir avec lui, on avait décidé de l'extraire d'un cocon sécurisant pour le coller dare-dare…

…dans un cercueil !

XXX

Landowski se posta face à la mer. Le phare de La Teignouse crevait l'écran formé par une brume de chaleur bien timide.

Il était seul.

Il huma l'air du large chargeant ses poumons d'ions négatifs. Il étendit les bras. La brise lui glissa dessus. On aurait dit qu'il allait s'envoler.

Contrairement à l'image qu'il donnait de lui en cet instant précis, il cria :

— Arrêtez de vous foutre de ma gueule !

À l'attention de qui ? De ceux qui le menaient en bateau par crimes interposés.

Il revenait de la petite maison de Plouharnel où le retraité, encore un frère d'Odilon, avait été trucidé avec une mise en scène macabre.

Les autorités, tout ce qui comptait de policiers ou de gendarmes sur le coin, avaient tout de suite pensé à lui. On le savait sur le coup sans trop connaître sa mission. Mais personne n'aurait osé lui taire les faits graves ou faire preuve de suspicion à son égard. Un divisionnaire titré comme lui imposait le respect pour la plupart, la crainte pour quelques-uns. La rancœur pour d'autres.

Ceux-là, Landowski les sentait tapis dans l'ombre. Ils comptaient sur lui pour trébucher tout seul. Il est tellement facile de frapper un homme à terre.

Ceux qui lui taraudaient l'esprit, c'étaient ces criminels que se jouaient de lui. Pourquoi pas ? Il n'était pas contre une joute à la loyale. Sauf qu'ici les quilles qui tombaient étaient des humains.

Le commissaire quitta le bord de mer et emprunta la rue de l'aérodrome. Quand il arriva devant le parking, il ralentit pour admirer un Robin DR 400 rouge et blanc qui s'élançait, regretta de ne pas en être le pilote, puis continua sa marche.

Dans la maison du retraité, il avait pu constater qu'on avait délaissé bien des objets de valeur. Certes, les criminels avaient emporté de l'argent liquide placé dans le tiroir dans un ancien porte-chéquier aux armes de la banque du défunt. Pourtant, tout à côté, bien en évidence, il y avait une boîte en fer bourrée de billets. Il était facile de l'ouvrir si on cherchait partout de la fraîche. Personne n'y avait touché.

Ce qui lui laissait à penser que le vol n'était absolument pas le mobile du crime. Surtout qu'un dossier avait disparu. Plus précisément, le contenu de ce dossier dont la couverture cartonnée portait la mention « *Notaire* ». Cette pochette usée par le temps avait été trouvée sur la table du salon. Les criminels n'avaient pas songé à la détruire. Pourquoi même ne pas l'emporter avec eux ? Décidément, il n'y avait que des faux-semblants dans toute cette affaire.

Le retraité était le frère cadet d'Odilon. L'enquête venait de préciser que les deux hommes étaient en froid depuis bien des années.

Ce que Landowski avait découvert au cadastre et vérifié ensuite en se baladant dans les airs, c'était que ces trois-là, cadavres à peine froids, étaient propriétaires en indivision de ce grand terrain situé côté baie. Chose certaine : aucun des trois ne voulait céder le terrain à un quelconque promoteur qui aurait aisément fait la culbute. Surtout que la terre venait des parents et qu'un pacte tacite obtenu au pied du cercueil du père imposait à tous trois d'être d'un commun accord pour en faire quelque chose.

Il tourna à droite au niveau du poste d'approvisionnement carburant. Des parachutistes expérimentés préparaient des clients au grand saut. Il continua dans la rue des Peupliers. Il avait rendez-vous.

Il y avait bien eu un projet pour le terrain en friche. Celui de créer sur cet emplacement un refuge d'animaux abandonnés. Cette idée avait été lancée par une jeune femme. Une vétérinaire altruiste.

Elle avait été blessée par un buffle en Afrique subsaharienne lors d'un safari qu'elle accompagnait à la demande du directeur d'une multinationale. Le patron voulait montrer à ses cadres qu'une chasse au fauve pouvait être faite dans le respect de l'animal. La présence d'une vétérinaire habillait d'une certaine moralité ce qui restait, somme toute, un acte barbare.

Ces précisions, Landowski venait de les obtenir en

faisant identifier la jeune femme sur la photo. La jeune femme en kabig n'était pas restée inconnue bien longtemps. Il ne lui avait fallu que quelques coups de fil pour en savoir davantage. Il y a toujours quelqu'un qui sait.

La création du refuge de cette amie des animaux n'allait pas d'elle-même. D'abord le lieu. Quiberon n'est pas l'endroit où le prix du foncier est attractif. Ensuite la raison sociale. Un club d'équitation aurait eu plus de chances. Enfin, convaincre.

Il lui fallait avoir l'accord des trois propriétaires. Pourquoi auraient-ils pu lui être favorables ? Pour les animaux ? Probablement pas. Pour valoriser le terrain ? Ils n'avaient que faire de cela. Les trois membres de la fratrie vivaient confortablement de leur retraite. Même la sœur qui avait eu un compagnon très généreux avant de passer l'arme à gauche.

Pour la famille ? La jeune femme avait compté sur la fibre familiale. Elle était née d'une liaison éphémère du frère d'Odilon avec une fille du Sud. Le marin l'avait reconnue sur la pression des proches puis chassée. Elle n'était revenue en presqu'île que depuis son accident. Son père ne l'avait pas pour autant reçue. La rumeur disait même qu'il l'avait traitée de tous les noms par la fenêtre.

Et si elle avait décidé d'hériter tout de suite ?

Landowski arriva au petit bout du jardin public aménagé au rond-point. Il y avait une curieuse construction pour donner à jouer aux enfants. Il s'agissait d'un fer à cheval en traverses de chemin de fer percé par deux buses en ciment. Il dut se baisser pour y entrer. Les parois étaient couvertes de tags et le sol jonché de capsules de bière. Il pensa immédiatement que les lieux avaient été récupérés par des jeunes, plus tout à fait des enfants…

Il tourna sur la droite en direction de Port Haliguen. À cent mètres, il y avait la mare de Toul Pri, un havre de paix pour les oiseaux. Canards et autres volatiles nichaient là en toute tranquillité. Ils avaient souvent de la visite. Des curieux et d'autres qui apportaient du pain aux oiseaux. Surtout une jeune femme.

C'était l'heure. On lui avait dit qu'il la trouverait là.

XXXI

— Tu le tiens, ton mobile !

Lorraine se baladait en petite tenue dans l'appartement. Elle était sur la piste de son short façon brousse, un vêtement qu'elle affectionnait particulièrement quand elle avait envie de jouer un peu à l'amazone. Elle n'avait donc pas l'intention de jouer la star.

— Quoi, mon mobile ?

Landowski s'étira. Depuis quelques jours, il passait ses nuits sans Kim Wilde.

— La biowoman que t'as rencontrée devant la mare aux canards n'est pas une ingénue. C'est une lionne. Elle veut le terrain pour ses chers animaux.

Elle passa à nouveau devant lui comme un météore. De la chambre, elle continua son explication :

— Son père l'ayant jetée comme un Kleenex, elle s'est vengée. Elle lui a filé des bulles d'air au cœur pour faire se gripper la machine. Elle a envoyé ton pêcheur au pays des poissons volants et elle a liquidé la sœurette un peu has been. Voilà !

— Pour leur piquer le terrain ?

— Tout est à elle maintenant. Si elle a envie d'accueillir des bestioles, elle peut !

— Curieux !

— Pas tant que ça ! Elle a trouvé le moyen !

— Non je disais curieux parce que c'est bien toi qui as récemment défendu l'idée d'une filière calabraise ?

— J'ai changé d'avis. J'ai le droit, non ?

— Une magistrate a tous les droits !

— Du pouvoir seulement !

— Et qu'est-ce que tu fais du meurtre du commercial ?

Elle apparut dans l'ouverture de la porte.

— Accident de parcours !

— C'est sympa pour lui.

— On ne fait pas d'omelette…

— Je te trouve bien insensible tout à coup.

— Les délinquants ne me procurent pas la moindre émotion. J'sais pas, toi ?

— Je croyais que les femmes en pinçaient pour les malfrats virils, ceux qui osent, transgressent, prennent, possèdent…

— C'est sûr que les timorés, blafards et minuscules ne font pas palpiter nos neurones !

— Passion cérébrale ?

— Pour les femmes, ça se passe d'abord en haut et ça descend… si affinités !

— Et pour la fille ?

— On va te reprocher de ne pas l'arrêter ! Un flic comme toi rater le coche ? Ils vont rire, tes collègues.

— J'aime attendre le moment.

— Elle est mûre, je te dis. On va retrouver les plans du cadastre et les titres chez elle. Garanti ! Tu fonces.

— Tu veux que je fasse comme toi à La Rochelle ?

— Si tu savais combien je m'en fous !

— Ces papiers-là, je les ai déjà vus ailleurs.

— Dans le bateau, tu veux dire ?

— Exact !

— C'est la preuve qu'elle n'a pas agi seule ! Elle a commandité ! Elle a dû leur promettre des trucs. J'sais pas, moi…

— Pourtant, je te trouve bien au courant…

Lorraine regarda ailleurs.

— Je m'intéresse à toi. Je suis ton enquête. Tu m'en parles tous le temps !

— Je ne voudrais pas t'empêcher de te faire masser ! Tu pourrais rater un rendez-vous !

— Je n'y vais pas tous les jours !

— Donc, selon toi, il faudrait arrêter la fille…

— Et lui faire cracher ce qu'elle a dans le ventre. Il nous reste quelques jours. J'aimerais bien qu'on les passe tous les deux.

— On est ensemble !

— Si tu te calmes, tu découcheras moins !

XXXII

C'est fou. Je lui sers l'ingénue sur un plateau. Je l'amène tranquillement à la rencontrer. Elle a plein de taches de rousseur, ce qui lui donne un air plus jeune. Elle n'a pas eu d'enfant pour lui déformer le bassin. Elle est assez grande sans être une perche qu'on ne peut pas caser dans une Twingo…

Elle a tout d'une mante religieuse, d'une criminelle aux petites fleurs. Avec un sourire désarmant qui cache une volonté de fer. Elle veut le terrain pour ses animaux moribonds.

Elle a le profil idéal pour être cette odieuse héritière prête à liquider toute sa famille pour arriver à ses fins. Landowski n'a pas d'autre piste. J'ai tout fait pour qu'il y arrive.

Et il ne l'arrête pas !

Il discute avec elle devant ces canards imbéciles. Il lui sourit même. Il ne change pas ! Il continue à aimer les femmes ! Et à leur pardonner forcément !

Et moi, il me pardonnera de l'avoir fait tomber de son piédestal…

Il faut qu'il l'arrête, qu'il l'accuse de tous ces crimes, qu'il se plante à mort dans un goulot d'étranglement.

Qu'il y passe lui-même !

Je ne peux supporter de le voir conter fleurette.

Mais tu ne la vois donc pas ! Sous ses airs de jolie jeune femme, elle cache une âme noire. Elle a tué son oncle et sa tante. Provoqué une embolie pour que son père crève les yeux ouverts !

Elle est odieuse, criminelle, parricide, capable de continuer jusqu'à plus soif !

Elle est nuisible, à écraser comme un cafard.

Le flic que tu es doit réagir, l'accuser, l'arrêter, la traduire en justice et la faire condamner !

Alors, j'aurai ma revanche. J'apporterai les preuves et, même si je dois être finalement confondue, j'expliquerai comment j'en suis arrivée là par ta faute.

Et ton aveuglement de sale flic te fera tomber de haut. Tes collègues arriveront à se détacher de toi. Tu n'auras plus la cote. Lorraine Bouchet s'en ira et tu finiras dans un bureau poussiéreux. À moins qu'on ne te révoque. Ce serait le pied !

Et tu crois que je vais te laisser faire ton cirque, lui tourner autour alors que tu dois faire la justice ? Si tu ne veux pas l'arrêter, faire ce que je veux, je vais devoir agir. Tuer encore pour que tu comprennes. Pour que tu me voies, pour que tu me regardes enfin. Ce sera de ta faute. Que de ta faute.

Lorraine…

XXXIII

Landowski trouva un prétexte. Ce n'était pas bien difficile. Il fit semblant d'être d'accord avec Lorraine et il lui annonça qu'il allait faire un saut à la brigade et consigner tout ce qu'il savait. Il allait livrer l'ingénue aux autorités.

Puis il ferait comme Ponce Pilate.

Lorraine avait eu un soupir de soulagement en entendant cela. Comme si elle venait de remplir son contrat. Il allait enfin passer la main et profiter du reste de ses vacances.

En descendant l'escalier, il ne put s'empêcher de sourire. Un sourire carnassier toujours affamé, jamais rassasié. On continuait à le balader, il allait bloquer la roue, faire exploser la machine. Et régler ses comptes.

Il n'avait pas de bonnes nouvelles du côté Grande Maison. Jim l'avait informé d'une cabale plus forte que les autres. Cette fois, on reprochait à la hiérarchie de laisser un commissaire en vacances s'immiscer dans une affaire qui n'était pas de son ressort. On pointait les dysfonctionnements, le manquement au respect de la procédure, l'absence de rapports. Et de résultats.

Il commençait à faire chaud pour Landowski.

Enquêter en free lance, il savait très bien faire ça. Des directeurs centraux lui avaient souvent permis de se la jouer perso. Les règles étaient devenues plus strictes et même ses protecteurs commençaient à avoir bien du mal à veiller au grain.

Lorraine avait peut-être raison finalement. À lui de passer la main s'il ne voulait pas tout perdre.

La perdre elle.

Incidemment, il avait appris qu'elle avait zappé un rendez-vous beauté. Une inconnue avait téléphoné pour proposer une autre date pour des soins corporels, tout simplement parce qu'elle ne s'était pas rendue à une séance.

Il s'était bien gardé de lui en parler.

Au bout de la rue, il obliqua dans le petit passage qui servait de raccourci pour aller à la plage. Il le suivit jusqu'au bout, puis il fit le tour pour se retrouver à quelques encablures de l'entrée de l'immeuble.

Lorraine avait affirmé qu'elle allait faire une sieste. Landowski l'avait vue déchirer un papier et le jeter dans les toilettes. On ne la lui faisait pas.

Il patienta. Pas longtemps. Lorraine apparut dans l'entrée. Elle ne tourna pas à gauche comme si elle se dirigeait vers le boulevard, mais sur la droite.

Landowski fut surpris. Elle avançait dans sa direction. Comme si, tout à coup, elle l'avait repéré. Il se tapit davantage derrière la haie d'escalonias. Il la vit passer à deux mètres du massif qui le cachait.

Elle avait retrouvé son short kaki. Il ne put s'empêcher de trouver qu'elle avait de belles jambes. Non pas longues comme celles d'un top modèle anorexique mais pleines comme celles d'une femme en pleine maturité. Il en ressentit un petit quelque chose qu'il balaya rapidement. Il s'était posté en guetteur. Pas en voyeur.

Elle s'engagea dans la descente menant aux garages. Landowski avait déjà donné. Il se garda bien de faire la même chose. Par contre, il fit le tour par la cour d'une petite résidence voisine, ce qui l'amena à l'angle du bâtiment Z. Il se trouva à deux pas de l'escalier descendant vers les garages en sous-sol. Il ne l'emprunta pas. Rien de tel pour se trouver nez à nez avec le rendez-vous de Lorraine. Il ne doutait plus maintenant que quelqu'un l'attendait. Ce quelqu'un qui avait écrit ce billet si discrètement détruit et jeté dans la cuvette des toilettes avant d'actionner la chasse.

Il suivit le rebord de la dalle en béton. Il cherchait une bouche d'aération. Il la trouva aisément. C'est obligatoire dans ces ensembles fermés. À cause des gaz.

Il ne put s'empêcher de penser à ces démons qui le hantaient.

Il s'allongea sur le sol en ayant auparavant bien placé son arme dans le dos, puis il tendit l'oreille. Le sous-sol formait une parfaite caisse de résonance. Il pourrait peut-être suivre une conversation…

Il entendit un bruit de pas. La personne hésitait, revenait en arrière, puis repartait ; puis le son s'amplifia. Il allait se trouver aux premières loges quand l'échange allait avoir lieu.

Il entendit des claquements de chaussures sur les marches de l'escalier. Puis la clef tourna dans la serrure à la manière d'une porte de cellule.

Il y eut un chuchotement puis des mots plus forts, heurtés, désordonnés. Il entendit la supplique de Lorraine pour qu'on les laisse tranquilles. Qu'on l'épargne, lui. Puis une menace précise.

Il décida d'agir, de mettre un terme à ce chantage. La clé de l'énigme était à sa portée.

Mais Lorraine était à l'intérieur du cube de béton. S'il y avait un tir, elle bloquerait une balle. Certainement mortelle. On rate rarement sa cible dans un tir au tunnel.

Il revint vers l'escalier, l'arme à la main. Il inspecta les façades pour vérifier si on l'observait. L'heure était au farniente. L'endroit était calme et le secteur des garages n'attirait pas les regards.

Il recula vers le petit parking et s'accroupit derrière un 4x4 noir. Il se trouvait sur l'itinéraire de fuite utilisé par ceux qui lui avaient fermé la porte au nez l'autre fois. Il ressentit un familier picotement dans le bas du dos. Cette porte métallique, il l'entendit claquer. Décidément, c'était une façon de faire chez ces inconnus. Ils allaient courir pour que Lorraine ne puisse les rattraper si l'envie lui prenait.

Landowski allait procéder à l'arrestation.

Il l'avait décidé. Il n'avait plus le choix. Face à des menaces, sur sa propre vie, sur celle de Lorraine, il ne pouvait plus jouer contre la montre. Il était temps.

Il repéra l'homme d'abord. Il courait en petites foulées à la manière d'un indigène dans la mangrove. Il était suivi à quelques mètres d'une femme athlétique paraissant jeune. La coupe de cheveux peut-être. Le corps sans excès.

Ils louvoyaient tous les deux dans les allées sinueuses du jardin comme pour éviter les balles d'un sniper. Ils n'imaginaient pas que le risque était devant eux et qu'ils s'en approchaient.

L'homme passa le premier devant Landowski. Il s'arrêta deux mètres plus loin. Il se retourna. S'il avait fait ce geste un peu avant, il aurait repéré le commissaire prêt à bondir.

La femme le rejoignit.

— Qu'est-ce que tu fais ? Ne t'arrête pas ! Elle va remonter la rampe et nous voir !

Au moment où il se retournait pour poursuivre son chemin, Landowski se redressa.

— Police, ne bougez plus ! cria-t-il.

Il était impressionnant, son arme bien serrée à bout de bras et l'air déterminé.

— Je n'hésiterai pas à tirer ! ajouta-t-il.

Fidèles à une tactique un peu simpliste, les deux personnes s'écartèrent l'une de l'autre. Une arme ne peut suivre deux cibles. Landowski fit un choix. Il logea délibérément une balle dans le genou gauche de l'homme qui s'écroula.

— J'avais dit de ne pas bouger. Désolé !

Sur l'allée sablée, Lorraine approchait lentement.

Blanche.

XXXIV

Elle était assise sur une chaise au beau milieu de la pièce. Une pièce comme il y en a tant dans les films. Un local impersonnel, administratif, sans âme, sans excès. Sans haine non plus. Pour l'instant.

Elle portait son éternel tricot marin. Comme une marque de fabrique. Avec ostentation, défi même. Elle ne portait rien dessous pour être bien certaine d'être remarquée. Pourtant, le passage à l'acte, ce n'était pas son truc. Du moins côté sexuel. Parce que côté crime, elle avait déjà consommé. Et sans modération. Et si on lui en avait donné l'occasion, elle en aurait repris comme une part de tarte abandonnée sur un plat à la fin d'un repas de famille.

Pour la jouissance, elle en était restée à des rêves de midinette. Genre grand amour avec un grand blond beau comme un dieu, prévenant, généreux et prolifique. Des trucs qu'elle regardait quand elle était placée en foyer. Avec à la clé des envolées lyriques dans les toilettes avec une copine délurée qui donnait corps à ses fantasmes.

Sur son chemin, elle n'avait guère rencontré que des quadragénaires, pressés et lubriques, qui ne confondaient jamais plaisir et procréation. Des gras, des gros qui se hâtaient d'en finir en ahanant comme si le souffle pouvait aider à la piètre conclusion.

Jamais un jeune, grand et beau, capable d'attentions et versé côté sentiment. Un truc normal quoi. Pas pourri. Elle était persuadée que c'était réservé à des filles dont elle ne pouvait pas faire partie. Une pensionnaire de foyer pour enfants abandonnés recevait le malheur en héritage. Et rien d'autre.

Elle était pathétique. Pathétique et coupable.

— Je sais bien que cet entretien n'est pas bien réglementaire, Commissaire ! dit-elle d'une voix presque rauque.

Elle avait peur en même temps qu'elle jubilait de l'avoir enfin pour elle toute seule.

— En effet ! répondit platement le commissaire.

Il était appuyé contre la cloison, les mains derrière le dos. Comme s'il ne voulait pas approcher une pestiférée.

Elle l'était, en quelque sorte. Il en avait vu des tordues mais, comme celle-là, pas souvent. Surtout qu'il craignait un peu de ce qu'il allait apprendre. Elle ne pouvait pas avoir fait tout ça sans avoir une idée derrière la tête. Il n'était pas forcément pressé de le savoir.

— N'ayez crainte ! dit-elle, la bouche un peu tordue. Je répondrai à toutes les questions des enquêteurs quand ils m'interrogeront. Et je répéterai ce que je vais vous dire. À vous.

— C'est un jeu ?

— Disons c'est une sorte de satisfaction. Vous ne pouvez pas comprendre.

— C'est pour bientôt…

Elle le regarda étrangement.

— L'interrogatoire officiel, précisa-t-il.

— Je sais tout ça.

— Vous vouliez me voir seul ?

Elle fanfaronna :

— J'estime que c'est à vous que revient la primeur de mes aveux.

Elle caressa la paume de sa main gauche du majeur droit.

— Je vous dois bien ça après tout le chaos que j'ai provoqué, avoua-t-elle.

Elle esquissa un sourire comme si elle était contente du joli tour qu'elle allait lui faire.

— Et ce n'est pas fini ! dit-elle en le toisant fièrement.

Elle redressa le buste laissant la pointe de ses seins jouer d'arrogance.

Il y eut un silence. Une trêve dans une joute. Des félins se jaugeant. Et cet indéfinissable mélange d'attirance et de haine flirtant sur le fil du rasoir.

Puis le charme s'envola.

Landowski la regarda durement. Il n'avait pas envie de jouer plus longtemps au chat et à la souris. Si l'entretien se passait mal, c'en était fait de sa carrière. Il devait faire vite. Il bascula du côté de la force.

— Venez-en au fait ! ordonna-t-il.

Elle ne se démonta pas. Elle résistait pied à pied avec l'énergie du désespoir. Elle n'avait guère connu autre chose. Avec orgueil aussi. Elle était fière du résultat accompli.

— Vous devez avoir plein de questions à me poser... Allez-y !

— Pourquoi faites-vous ça ?

— Pour vous aider, je vous l'ai dit !

Il n'en crut pas un mot.

— Vous aviez donné un rendez-vous au juge Bouchet dans ce parking ?

— Au juge ?

Elle rit et son buste s'anima comme une baudruche qu'on sollicite de la main.

— J'ai envoyé un mot à votre compagne, Commissaire !

— Dans quel but ?

Elle s'en donna à cœur joie.

— La tuer bien sûr !

Landowski fit un pas en avant. Il avait envie... Non, il ne pouvait pas. La loi, l'ordre, la justice. Finalement un tas de trucs qu'il aurait pu balancer par-dessus bord en un instant d'égarement.

— Vous êtes folle ! se contenta-t-il de dire.

— Peut-être. Mais vous en seriez venu, vous aussi, à la folie si vous aviez retrouvé votre belle compagne la tête coincée dans une porte de garage. Morte et bien morte !

— C'était votre projet ?

— Son élimination faisait partie de l'histoire. Inéluctablement.

— Mais je suis tombé sur vous deux.

— Tôt ou tard…

— Je l'ai vue déchirer le papier.

— Une chance pour elle en quelque sorte !

— Et pour vous, c'est quoi ?

Elle le toisa.

— Une défaite, vous croyez ? Sûrement pas ! J'attendais le moment où vous alliez découvrir le pot aux roses. Vous en avez eu des coupables avant de tomber sur nous. Fortuitement ! Vous n'avez pas été bon sur ce coup-là. Ils ne vous le pardonneront pas.

— Tant pis. J'ai sauvé Lorraine et ça me suffit amplement.

— La juge Bouchet vous émeut. Suffit de voir l'éclair dans vos yeux. Tout à l'heure, l'espace d'un instant fugace, vous m'avez tuée.

Elle rit nerveusement.

— Et vous n'oublierez pas cette minute-là. Jamais !

Il reprit sa position, le corps plaqué contre la cloison.

— Qu'est-ce qu'on fait maintenant ? demanda-t-il.

Elle proposa :

— Si on prenait par le début ?

— Je vous écoute.

— C'est bizarre les coïncidences, vous ne trouvez pas ?

— Peut-être…

Il attendait de voir. Sans être rassuré.

— Je vous ai rencontré par hasard. Il y a déjà des mois de ça. C'était sur le quai de la gare de Quiberon.

— L'an dernier ?

Elle dodelina de la tête.

— C'est ça, l'année passée. Juillet, je crois bien.

Elle leva un doigt pour insister.

— Je vous ai reconnu, dit-elle, contente.

— Parce que ?

— Je vous dirai plus tard.

— Toujours plus tard, dit-il avec une lassitude presque feinte.

— Je vous ai suivi, continua-t-elle. Ce vieil imbécile d'Odilon était venu vous attendre avec sa guimbarde. Je ne savais pas encore qui il était. Je vous ai retrouvés tous les deux au port puis au café. Et je ne vous ai plus lâchés ! En un week-end, j'ai vu combien vous étiez comme des larrons en foire. Un commissaire divisionnaire et un pêcheur de bar. Curieux non comme duo ?

— C'est juste pour ça que vous avez décidé de le tuer ?

Elle bouscula la chaise et se mit debout. Un rictus barrait son visage.

— Arrêtez tout de suite vos sarcasmes ! Sinon, je ne dirai plus rien. À personne.

Landowski en conclut, ce dont il se doutait déjà, qu'il n'était pas en présence d'une personne jouissant de toutes ses facultés mentales.

Question crime, population la plus dangereuse.

— Reprenez, je ne le ferai plus, promit-il avec une pointe de douceur hypocrite.

Il était dans un interrogatoire.

Informel certes, mais tout aussi sérieux qu'un entretien judiciaire. Il avait à entendre. Pour savoir et conclure.

Il la laissa se livrer un peu.

— Votre copain pêcheur était porté sur la bouteille. Une fois bien chaud, il convoitait les femmes. Toutes les femmes. Les jeunes, ou paraissant jeunes comme moi, l'attiraient davantage. Je n'ai pas besoin de soutien-gorge. C'est un truc que vous les hommes vous remarquez tout de suite. Je me suis maquillée. J'ai agrandi mes yeux. Je me suis placé dans son champ de vision. Puis on a parlé. Il était bien seul. Il m'a confié ses problèmes, ses histoires de famille avec son frère et sa sœur à propos d'un terrain. Il m'a raconté que sa seule nièce ne venait plus le voir, ni personne d'autre d'ailleurs. Il m'a tout dit. Je n'avais rien demandé. Il m'a donné des idées.

— Et vous avez couché ensemble ?

Elle éluda :

— Le pauvre avait besoin d'un remontant, si vous voyez ce que je veux dire. Je lui ai apporté un élixir de jouvence.

— De l'ibogaïne ?

Son regard s'éclaira. On aurait dit qu'elle saluait les progrès qu'il faisait pas à pas.

— Bien, Commissaire, cette fois vous suivez !

Elle reprit de l'air comme si elle suffoquait. Landowski regarda sa poitrine se soulever.

Jouait-elle un numéro ? Il était incapable de l'affirmer.

— D'abord à toutes petites doses, continua-t-elle. Puis, le soir de sa mort, je l'ai shooté à bloc au moment où il ne s'y attendait pas. Une dose létale. Elle n'allait pas agir tout de suite, mais je n'avais quand même pas trop de temps devant moi. Surtout que je n'étais pas sûre de mon coup. Il fallait qu'il me coure après.

— Et vous l'avez laissé ?

— Je l'ai planté devant son verre.

— Il est sorti.

— Il m'a laissé le temps de mettre tout en scène.

— Et vous lui avez joué le chant des sirènes...

Elle parut satisfaite de son acte.

— J'aurais pu faire du théâtre, si, si !

— Vous l'avez poussé ?

— Pas moi ! Comment j'aurais fait ? J'étais de l'autre côté du môle !

— Votre compère ?

Sans prévenir, elle éructa. Avec une violence difficilement contenue :

— John, vous avez voulu le tuer ! Vous avez tiré sur lui comme un cow-boy !

Landowski ne se démonta pas.

— Il m'avait désobéi. Je ne dis pas les choses à la légère. Je connais très bien ce genre de situation. Je vous signale qu'il n'est pas gravement blessé. Il pourra se refaire une santé en taule.

Elle se calma.

— John c'est un gamin. Il a été traumatisé et battu. On s'est rencontrés dans les foyers de l'enfance. Après, on s'est revus. Je suis allé le chercher pour m'aider à faire tout ça.

— Donc, c'est lui qui a poussé Odilon…

— Oui, c'est lui. Il n'a pas eu de mal à le faire. Il n'a pas toute sa tête. Il fait ce que je lui dis. Surtout si c'est pour le mal. Il voudrait rendre celui qu'on lui a fait. Au centuple.

— Ensuite, vous avez décidé de me brancher sur le coup…

— On a parlé exprès derrière la haie. Vous avez entendu. C'était parti !

— C'est Jossip Ripert qui vous a fourni les produits, l'ibogaïne par exemple ?

Elle s'énerva.

— Un gros con ! Il ne pensait qu'à me baiser, celui-là. Je l'ai fait attendre. Et il a marché comme un idiot. Les hommes, on peut vous mener par le bout du sexe comme on veut.

— Comment avez-vous fait précisément ?

— Je l'ai rencontré dans un bar. Je savais ce qu'il faisait comme métier. Je l'ai chauffé un peu. J'ai joué l'ingénue qui ne couche pas le premier soir. Il m'a apporté ce que je voulais à son passage suivant en presqu'île.

— Et il a été son premier client ?

— Il a cru des trucs, cet imbécile. Comme si j'allais me coller au lit avec lui ! Je lui ai dit que John voulait regarder. Je crois que ça l'a excité. Une fois dans la chambre, il n'a pas compris ce qui lui arrivait. Il a même pu penser que tout ça faisait partie du trip sexuel. John l'a ceinturé. Il n'a plus bougé. John a une force incroyable. On ne dirait pas à le voir. J'ai fait une injection à Ripert. Ensuite, on l'a transporté au port.

— Anectine, c'est ça ?

— Vous auriez fait un bon infirmier de bloc !

— Comme vous, n'est-ce pas ?

Elle se redressa, piquée au vif.

— Vous savez ça ?

— On en reparlera tout à l'heure. Continuez.

Curieusement, elle n'insista pas.

— Ensuite, on a trucidé la sœur d'Odilon. C'était une vieille femme un peu ronde mais sèche à l'intérieur. Je lui ai joué la jeune fille un peu perdue, tombée de la falaise. J'ai mouillé mes yeux. Elle est tombée dans le panneau.

— Pourquoi l'avoir éventrée ?

— C'est John. Je ne pouvais pas tout lui interdire. Je l'ai laissé faire à son idée. J'ai pensé que ça ferait de l'effet.

— Les viscères pendant hors de l'abdomen, c'était plutôt réussi comme tableau macabre !

— Tuer des gens ce n'est pas si difficile que ça !

— Dommage ! Il y aurait moins de victimes. Et vous avez remis ça ?

— Pour leur frère, ça a été plus facile… Il ne se prenait pas pour une merde, celui-là ! On l'a collé dans ses chiottes… Trois centimètres cubes d'air dans l'artère et son cœur a explosé comme une pastèque !

Landowski quitta sa place pour venir enfin s'asseoir devant elle.

— Vous vous rendez compte de la façon dont vous décrivez vos crimes ? dit-il gravement.

— J'vais pas pleurer, non ? Je continue ou vous en avez assez ?

— Dites ce que vous avez à me dire…

— Vous étiez sur la piste du navigateur. Il m'avait vue auprès de la voiture de Ripert.

— Il n'en a rien dit.

— J'avais cru. On a mis le feu au bateau et on l'a coulé. Le feu et l'eau qui se conjuguent, ce n'est pas banal. Vous ne trouvez pas ?

Landowski continua :

— Vous l'avez transporté au Fort Neuf.

— Inconscient ! Sinon, il ne nous aurait pas suivis ! John l'a fourré dans la voiture.

— Pourquoi l'envoyer là-bas ?

— J'avais envie. L'endroit est assez beau ! On est passés par les rochers. J'aime l'escalade. Avant, on l'a jeté à l'eau pour le réveiller. Il nous a suivis là-haut et John l'a frappé. À mort. Du moins, c'est ce que je croyais. C'est pour ça que j'ai téléphoné aux pompiers. Pour qu'ils le trouvent rapidement.

Elle contempla la paume de sa main droite comme si elle y lisait le crime. Le bras séculier.

— On m'a dit qu'il était sorti d'affaire ? dit-elle, un peu déçue.

— Cette fois, John a raté son coup !

— On ne gagne pas à tous les tirages !

— Et la photographe ?

— On ne pouvait pas la laisser dans la nature.

— Vous avez voulu lui mettre tout ça sur le dos !

Elle sembla saliver comme un enfant devant une friandise qui lui est promise.

— C'était au programme. Je suis certaine que vous y avez cru. Surtout avec les photos et les plans du terrain. Vous avez marché comme un bleu. Elle était la coupable désignée cherchant une vengeance ou une justice en tuant à qui mieux mieux. Et vous étiez là sur le papier glacé avec votre chère Lorraine. Une violation insupportable pour un homme comme vous. Un flic qu'on surveille, c'est le monde à l'envers, la cabane sur l'chien, un truc inacceptable quand on a votre curriculum ! Puis vous avez trouvé les produits dans le vanity.

— Normal.

— Ben oui, normal ! Je les y avais mis pour que vous tombiez dessus ! J'en étais certaine. Comme pour les photos d'ailleurs. Vous êtes un très bon flic, je n'ai aucun doute là-dessus.

— Bien joué pour l'ampoule maquillée et les cachets mélangés au Cortancyl. J'aurais pu passer à côté !

— Non ! Pas vous ! En plus, vous avez tout emporté !

— J'avais besoin. Analyses.

— J'y comptais bien ! Comment trouver tout ce que vous savez aujourd'hui sans faire un peu de chimie ?

— Et vous vous y connaissez, hein ?

— Alors nous y voilà…

— J'ai demandé à mes amis de chercher qui pouvait en avoir assez contre moi pour monter tout ce scénario.

— Scénario ? Ce n'est pas un film. C'est bien réel ! Le sang a coulé par votre faute !

— Mais c'est une infirmière jetée dehors pour avoir trucidé des personnes hospitalisées qui a tué !

— J'ai accompagné ! Pas tué ! On ne m'a pas comprise. Elles m'ont suppliée d'agir, de les aider à partir.

— Curieux comment plusieurs patients de l'hôpital où vous étiez en poste ont eu envie de mourir au cours de leur séjour !

— Ils étaient condamnés !

Elle se ressaisit :

— Mais rien n'a été prouvé !

— Parce qu'on ne vous a pas poussée suffisamment !

— Vous l'auriez fait ?

— Sans état d'âme.

— J'ai eu des protecteurs !

— Des familles aveuglées par la soi-disant volonté de leur parent de passer de l'autre côté ou soucieuses d'abréger des souffrances inutiles.

— Elles m'ont défendue !

— Mais l'institution vous a remerciée…

— Qui vous dit que je n'avais pas envie de partir ?

— Et vous avez remis ça !

— On ne se refait pas, Commissaire !

— Jusqu'à glorifier le grand départ d'un trait de rouge à lèvres.

Elle plissa les yeux. Vipère.

— L'inscription sur le miroir vous a bluffé, avouez !

Elle attendit puis elle susurra :

— Non ?

— Oui, dans un premier temps, avoua-t-il.

— Vous avez pensé qu'ils étaient responsables du carnage. Surtout elle.

— Vous avez fait ce qu'il fallait pour ça.

— C'était mon plan. Avant de vous filer la véto dans les pattes.

— Puis j'ai compris.

— Compris quoi ?

— Que ce n'était pas la photographe qui avait écrit ça. Il n'y avait pas de rouge à lèvres dans le vanity. Que des produits hypoallergéniques. Elle ne se maquillait pas. Vous si !

— Bravo ! Je n'y avais pas pensé.

Landowski décida de ne pas répondre. La meurtrière renchérit :

— Elle nous a suivis tout de suite, la photographe. Et sans moufter, hein ! Elle a tremblé de peur pour son chéri ! Je ne vois pas ce qu'elle peut lui trouver à ce grand sec !

Landowski continua, imperturbable :

— Et ensuite vous avez vidé l'appartement ?

— John.

— C'était nécessaire de faire ça ?

Elle s'anima encore :

— Mais oui ! Pour vous faire croire qu'elle venait de trucider son amant pour couper les ponts, s'éloigner du méchant commissaire et l'attirer encore davantage ! J'avais pas pensé au rouge à lèvres !

— Elle est où maintenant ?

La psychopathe regarda ses ongles. Elle les frotta d'un geste vif et répété comme s'ils étaient couverts d'une pellicule invisible qu'il fallait absolument gratter sous peine de maladie.

— Alors ? relança-t-il, un peu impatient.

Elle s'énerva :

— Alors quoi ! Quoi, quoi ! Je m'en fous de celle-là qui a forniqué à qui mieux mieux avec ce grand imbécile ! Un beau couple ! Ah, ah, ah ! Dans un bateau pourri qui ne méritait pas autre chose qu'un naufrage !

Elle soupira.

— Tout est naufrage…

— Dites-moi où elle est !

— Qu'est-ce que ça peut vous foutre ! Vous avez mieux à faire que de vous occuper d'elle. Je suis là, moi. J'ai fait des trucs moches. Mais je les ai faits !

Landowski s'approcha.

Elle sentit la menace, le bord du gouffre, la limite atteinte et son regard de flic ne lui disait rien de bon.

— Dans un appart, lâcha-t-elle dans un souffle. Ficelée sur le lit et bâillonnée.

— Vivante ?

— Sauf si j'oublie l'adresse ! John ne connaît pas les noms de rues. Il ne pourra pas vous être utile.

Landowski lui saisit le bras. Il serra.

— Vous me faites mal !

Il la regarda dans les yeux.

— Tu n'imagines pas jusqu'où je vais aller si tu ne me dis pas où tu l'as enfermée…

Il y eut un instant rare et particulier entre une femme déjantée et un flic touché par le doute.

Avec entre eux deux, la haine dépassée, la détresse ravalée et l'horreur approchée.

Quelque chose d'indéfinissable qui passait par le contact peau contre peau qui les reliait, le temps d'un instant.

Un seul.

Jamais d'autre.

Même si on croit toujours pouvoir aller trop loin, on ne sort pas indemne de ce genre d'affrontement.

Comme elle l'avait prévu, elle lâcha enfin le morceau. Avec un sourire d'un cynisme insensé que le commissaire n'était peut-être plus à même de qualifier.

Il crut à sa victoire alors qu'il avait perdu.

XXXV

La photographe était bien séquestrée dans l'appartement indiqué par la criminelle. C'était une résidence comme il y en a tant à Quiberon, un lieu de vacances pour des familles tranquilles. C'était un studio-cabine avec une petite vue mer, pour peu qu'on se tordît le cou en se penchant de la minuscule terrasse en direction de l'océan si proche et si lointain à la fois.

L'intérieur était propre et bien rangé, organisé comme il faut pour une location sans problème.

Seulement, il y en avait un, de problème. La photographe était sur le lit, un clic-clac ouvert et affublé d'une housse à grandes fleurs moches. Elle était écartelée comme si un char romain allait la traîner dans l'arène.

On ne lui avait fait subir aucune violence apparemment. Sauf que le paquet de serviettes en papier qu'on lui avait fourré dans la bouche pour qu'elle restât silencieuse, l'avait étouffée à petit feu. La salive avait mouillé le papier qui était passé du stade de bâillon à une boule immonde qui avait envahi les voies supérieures et les avait obstruées.

La mort l'avait approchée en tirant des bords, avec une nonchalance abjecte. Elle avait soufflé et craché pour rejeter ces lambeaux de papier qui se plaquaient sur ses muqueuses mieux qu'une tapisserie. Probablement qu'elle en avait respiré, rendant ainsi le phénomène irréversible.

À la regarder immobile et sereine, une fois la souffrance envolée avec la vie, Landowski ressentit un grand vide. Il en avait assez de l'hécatombe.

Par habitude des perquisitions, il poussa ensuite la porte de la petite chambre. Il y avait deux lits superposés. Dans celui du bas, gisait le grand escogriffe.

Il pensa immédiatement à la tueuse. Elle s'était bien foutue de lui. Elle avait eu de l'aplomb pour ne pas lui dire qu'ils avaient séquestré le couple. Il imaginait la scène, John en brancardier et elle en infirmière. Ils avaient dû voler une ambulance.

Décidément, la fibre criminelle ne les quittait pas, ces deux-là ! Leur intention devait être de rajouter deux cadavres à leur tableau de chasse macabre.

Le navigateur solitaire était bien mal en point. Les plaies qu'il avait au thorax avaient recommencé à suinter faute de soins. Son bras droit pendait hors du lit. Il avait le visage tourné vers le mur. Le drap souillé qui lui cachait le corps en partie formait une sorte de drapé artistique. On aurait dit une sculpture de caveau mortuaire. Il avait tout d'un gisant.

Mais il était vivant.

XXXVI

— Alors tu l'as pécho, ta mante religieuse ?

Jim Sablon, toujours aussi jovial, s'approcha de Landowski. Pour une fois, il était endimanché.

Il expliqua :

— Je me suis sapé chicos. Tout à l'heure, j'ai rencard avec le préfet du Morbihan !

— Tu as terminé ta tournée ?

— J'ai œuvré pour les orphelins. Chez nous, y en a bien de trop. On tue beaucoup de flics quand on y pense. C'est pas parce que je n'ai pas d'enfant que je peux pas m'occuper de ceux des autres. Surtout si les parents sont partis !

Le commissaire parut songeur tout à coup.

— Tu as raison.

— Et dis donc, Lando, pour ta prochaine enquête, tu choisis un endroit plus facile à approcher. Pour venir ici, j'ai cru que ma liquette allait cuire sur ma peau !

— C'est Quiberon ! Le lieu se mérite ! Regarde, Belle-Île te sourit juste en face !

Ils se serrèrent la main. Derrière eux, Le Vivier, restaurant de fruits de mer bien connu de la Côte Sauvage, faisait le plein. Comme d'habitude.

— Tu permets, dit Jim en montrant les toilettes.

Il revint très vite, se réajustant sans se cacher le moins du monde.

— J'ai vu la presse ! dit-il en rejoignant le commissaire qui admirait le paysage.

Landowski ne bougea pas.

— J'ai résolu le problème !

— Le tien ou l'affaire ?

— À voir… répondit Landowski.

— Sauf que t'as plombé ce fêlé de John !

— Blessé seulement. Il voulait s'enfuir.

— Lonserand a dit que tu tires sur les lapins ! C'est ce qui circule dans les commissariats ! Même qu'on te trouve la gâchette facile. Tu en as allumé plus d'un.

— Toujours par nécessité !

— On dit que tu aimes flinguer et que tu deviens dangereux. Pour tes collègues, pour la société, pour toi-même.

— J'envisage vraiment de raccrocher. Cette fois, c'est l'occasion !

— Fais pas l'con, Lando ! Ce serait leur donner raison !

— J'y songe…

Jim Sablon voulut changer de sujet. Il n'aimait pas voir son ami en proie au doute.

— Alors, c'est elle la tueuse ? demanda-t-il. Elle est mignonne pourtant sur la photo !

— Tu n'imagines pas quand tu la vois qu'elle a pu faire tout ça. Elle joue la fille en vacances, jean et tricot rayé, fine et douce. Souriante. J'ai douté.

— Elle t'a fait de l'effet ?

Landowski laissa passer un silence avant de continuer :

— À y repenser depuis, elle ne m'a pas quittée. Elle était derrière la haie, sur le port, sur la digue. On s'est regardés, on s'est croisés. Elle m'a même fait un signe une fois. Elle portait toujours son tricot marin.

— C'est bien ce que je disais…

— Drôle de lien qui se lie entre le gibier et le chasseur, le criminel et le flic.

— C'est ce que Lonserand a fait circuler, mais à propos de l'autre, l'ingénue qui veut accueillir les animaux.

— Les mauvais cœurs !*

— Si tu veux ! Il a trouvé que tu en pinçais pour la suspecte !

— Je ne l'ai pas arrêtée parce que, justement, c'est ce qu'on attendait de moi. L'institution comme la véritable criminelle !

— Elle en a mis des quilles à terre ! On ne s'y retrouve plus ! Avant, c'étaient des balèzes comme les Nérac qui mettaient en l'air les convoyeurs, bijoutiers et autres victimes ! Maintenant, y a plus de règles !

— Faut se faire au changement !

— Elle t'a baladé grave quand même !

— Tu peux dire ! Elle a tout fait pour que je change de coupable tous les deux jours.

---

*Roman de Michel Averlant publié aux Éditions Ditis.

— Tu avais un doute ?

Landowski fit volte-face.

— J'arrive à Quiberon. Le pêcheur que je viens voir est mort noyé. J'entends des trucs derrière la haie, puis on trempe un VRP dans le port presque sous mes fenêtres. Excuse-moi du peu, mais ce genre de coïncidence, ça n'arrive que dans les romans !

— Et avoue que ça t'arrangeait bien d'avoir un peu de taf pour t'occuper les méninges !

— Tu as raison. Moi, les vacances, ça me gonfle assez vite. J'ai l'impression de perdre mon temps. Peut-être parce je n'ai pas l'habitude…

— Avec une greluche comme t'as dans les pattes ? Tu attiges un peu ! Y en a qui aimeraient bien être à ta place. Une magistrate, c'est superclasse !

— Elle m'a donné du souci, Lorraine.

— Ah ?

— Elle m'a balancé un truc qui m'a titillé. Elle m'a dit : « tu vas mordre à l'hameçon. »

— C'est qu'elle te connaît bien !

— Mais j'y ai repensé après. Plusieurs fois. Tu sais, comme quelque chose qui ne te quitte pas l'esprit. Je me suis dit que, si on voulait me prendre par la main, la méthode employée était la bonne. Ensuite, Lorraine qui brasse avec la filière calabraise. Je n'y ai pas cru un instant. Du grand guignol !

— Mais pourquoi elle a balancé ça ?

— Parce que quelqu'un avait dû le lui suggérer !

— Suggérer ?

— Il faut encore que je mette ça au clair avec elle. Ensuite, il y a eu les analyses.

— J'me demandais bien pourquoi tu creusais de ce côté-là !

— Des soupçons de flic quoi ! Odilon se jette à l'eau. Le Ripert reste stoïque devant la flotte qui est en train de le noyer. Avoue que c'est étrange comme comportement !

Jim montra du doigt un point invisible en pleine mer.

— Donc médocs !

— Y a rien de tel pour transformer quelqu'un. De fil en aiguille, je suis arrivé à l'ibogaïne et à l'anectine. La première se cache derrière des champignons et l'autre aussi puisqu'elle se métabolise rapidement.

— Comment t'as pu penser qu'on te menait en bateau ?

— Tu m'as parlé de Lonserand.

— Là tu pousses, Lando ! T'imagines quand même pas un flic te tricoter un coup tordu de ce genre. C'est un peu parano, ton idée !

— Attends ! Je n'ai pas dit que je le soupçonnais. Il m'a fait réfléchir. Tu sais quand on veut la peau de quelqu'un…

— Et tu as demandé à Francis de creuser.

— Le Boiteux, il me, il nous connaît bien depuis des lustres. Si on lui a foutu la paix, c'est que j'ai veillé au grain. Il le sait. Et il n'aime pas bien ce qui se trame contre moi.

— Il a remué la poussière ?

— Il a cherché si quelqu'un avait proféré des menaces contre moi.

— Et il a trouvé ?

— Plusieurs pistes même ! Il a privilégié celle qui avait un lien avec le domaine médical à cause des produits. Pour employer ces substances, il faut connaître. Dose, effets, temps de réaction, ça ne s'invente pas. Dans le même temps, j'ai découvert des indices un à un. Un peu comme les œufs de Pâques cachés dans le jardin ! Une sorte de fil rouge !

— Et t'as tiré dessus…

— À chaque fois, c'était bingo ! Trop beau pour être vrai. Tu sais bien toi-même que les enquêtes criminelles ne se passent pas comme ça. Il faut aller les chercher les pistes, les preuves, les criminels. Tu n'as pas une pelote à dérouler les doigts dans le nez…

— Et le pouce…

— Habituellement, on a à se bouger la rondelle. La bécasse rôtie qui tombe du ciel, c'est réservé aux contes de fées !

— Donc tu t'es dit…

— Que ce n'était ni vrai, ni normal.

Ils se mirent à marcher un peu sur le sentier côtier.

— Qu'est-ce qu'il a trouvé au juste, Francis ?

— Une coupure de presse.

— Parlant de quoi ?

— C'était un article pas très ancien. Il parlait d'une série de décès suspects dans un hôpital de la région parisienne. Une infirmière était soupçonnée. Elle s'en est sortie au bénéfice du doute.

— C'est elle ?

— Oui. Il était fait mention d'anectine, entre autres, dans la série de produits susceptibles d'avoir été utilisés.

— Normal si c'étaient des agités au pieu, ses patients !

— Arrête, tu veux !

— Pourquoi il avait gardé ça, le Boiteux ?

— Parce que, sur la même page, on parlait de moi. Pour un braquage. Je venais de serrer les mecs en flag avec mon équipe.

— Il a donc cherché plus loin, le dossier…

— C'est un excellent archiviste.

Landowski s'arrêta. Il plongea ses mains dans ses poches. Il reprit, avec un autre timbre de voix :

— Il y a eu un mort ce jour-là. Un des braqueurs s'est fait descendre.

— Ça se passait où ?

— À Grigny.*

---

*Lire *Fugue mortelle en Ré,* même auteur, même collection.

XXXVII

L'escorte était prête. Les deux motards casqués et gantés attendaient en arrière du portail métallique de la brigade.

Landowski marcha jusqu'au bout du couloir. Le gendarme de faction lui ouvrit la porte.

— Un remords, Commissaire ? demanda-t-elle en se retournant.

Une nuit à la brigade ne l'avait pas brisée. Elle portait son éternel tricot rayé. Malgré ce qui lui tombait sur les épaules, elle ne changeait pas.

Elle devait puiser sa force dans ses certitudes du travail accompli. Et dans une névrose bien chevillée au corps.

— Non, je voulais vous donner une ou deux infos, répondit-il d'un ton détaché.

— Dites !

— La photographe est décédée. Vous vous attendiez à ce résultat, je suppose ?

— John a dû forcer sur le bâillon…

Landowski la trouva bien cynique.

— Mais le navigateur est sorti d'affaire.

— Décidément, il a la vie dure, celui-là ! Ça fait deux fois qu'on le laisse pour mort. Et il est toujours vivant. Comme le canard…*

— Comme vous aussi ! J'ai lu que vous aviez voulu mourir au début de votre affaire.

Elle se leva d'un bond.

— Ils m'ont convoquée comme une domestique !

Elle se rassit aussi vite.

— En rentrant, dit-elle d'une voix redevenue calme, j'ai avalé le contenu de deux boîtes de tranquillisants. J'ai vraiment eu envie de mourir. Après, ils m'ont soignée avant d'abandonner les charges contre moi finalement.

— Ils vous ont fait une fleur ! Il y avait de quoi vous enfermer pour le restant de vos jours.

Il ajouta :

— En psy !

Elle éructa, le visage défait :

— Des insultes, Commissaire ! C'est tout ce qu'il vous reste !

— La vérité au contraire ! Ils auraient dû vous admettre à l'hôpital. Comme patiente cette fois ! Les médecins vous ont jugée immature et névrotique : vous aviez du mal à accepter votre propre souffrance… Mais celle des autres, vous vous en foutez comme de l'an quarante !

---

*Allusion au sketch de Robert Lamoureux.

Elle rit nerveusement.

— Je n'étais même pas née !

— Vous étiez partie pour la demi-douzaine de meurtres !

— Il me restait à éliminer Lorraine Bouchet. Là, vous auriez mis un genou à terre. Vous auriez compris ce qu'est la douleur de perdre un être cher.

Elle renchérit :

— Un être cher assassiné ! C'est autre chose que la maladie ou l'accident. Un meurtre, Commissaire, un meurtre !

Elle baissa la tête et ne le regarda plus. Landowski se déplaça pour revenir dans le champ de vision de la criminelle.

— Pourquoi n'allez-vous pas au bout ? demanda-t-il.

Elle se redressa.

— Ça vous turlupine, hein, que j'ai imaginé toute cette histoire pour vous nuire ? Et le mal est fait, vous savez, même si c'est terminé pour moi. Vous vous êtes ridiculisé avec cette affaire. C'est bien simple, vous n'avez pas arrêté de changer de suspect et donc de vous tromper. Pour un flic de votre trempe, c'est moche. Très moche !

— J'en suis conscient, n'ayez crainte ! Mais je n'ai fait que mon devoir.

— Sans réussir ! Vous n'avez pas empêché la mort de toutes ces personnes. Elles n'étaient pas responsables. Elles faisaient partie du plan comme des objets avec lesquels on joue. Avec John, on les a tuées pour vous. Pour vous !

— Vous êtes cinglée !

Son regard s'illumina.

— Folle ? Folle d'avoir voulu me venger ?

— Vous y venez enfin ! dit Landowski avec une pointe de satisfaction dans le ton.

— Oui, j'y viens !

Elle cria :

— Vous avez tué mon frère !

Elle éclata en sanglots. Landowski approcha une chaise et s'assit.

— Je sais qui vous êtes.

Elle se redressa.

— Comment, vous savez ?

— Votre nom et le sien apparaissaient sur la même feuille de journal.

— À la page Grigny ?

— C'est ça. Votre frère a d'abord tiré sur un caissier.

— Mais il n'est pas mort, lui !

— Il aurait pu ! Votre frère a voulu s'enfuir, laissant ses amis dans l'agence.

— Ce n'est pas vrai. Il ne fuyait pas. Il tentait une diversion.

— Quand il est sorti de la banque par la porte donnant sur l'arrière du bâtiment, il a tiré tout de suite sur les fonctionnaires de police qui étaient postés à l'attendre. Il n'a pas répondu aux sommations. Un policier l'a blessé. Il est tombé à terre.

— Et vous l'avez abattu comme un chien !

Landowski continua son explication :

— Deux policiers se sont approchés. Votre frère a relevé son arme et il a tiré. Il a blessé l'un d'eux. Le deuxième a riposté.

— C'était vous le tireur et il est mort, mon frère !

Elle prit son visage dans ses mains, puis elle secoua la tête comme pour se ressaisir.

— Je vous admirais, moi, dit-elle. Dans l'affaire de Bénodet,* vous aviez vengé Emma, l'orpheline tuée par un serial killer. C'était un beau geste. La pauvre, je me suis identifiée à elle. Abandonnée, orpheline, elle était moi quelque part.

Landowski se leva.

— Je n'ai pas tiré sur votre frère, dit-il, solennel.

Elle leva les yeux.

— Vous n'avez pas tiré ? demanda-t-elle, incrédule.

— On m'a attribué la réussite de l'opération mais, à aucun moment, je ne suis allé derrière l'immeuble. Il n'y avait là que des policiers en tenue. Pour barrer la route aux braqueurs. Mon équipe était avec moi dans la rue, devant la banque.

Comme pour elle-même, elle laissa tomber :

— J'ai fait tout ça…

Landowski tapa deux coups brefs à la porte. Le gendarme lui ouvrit et il sortit dans le couloir sans ajouter un mot.

---

*Lire *Sables mouvants à Bénodet,* même auteur, même collection.

Quelques minutes plus tard, la gardée à vue fut emmenée vers la sortie. Landowski attendait sur le perron.

— J'avais vu votre geste devant Le Colibri… dit-il quand elle passa devant lui.

— Il vous était destiné ! dit-elle en esquissant un sourire. Je vous ai rencontré plusieurs fois.

— Je sais. J'avais remarqué le tricot rayé.

— Votre regard traversait le tissu. Je l'ai senti. Dommage…

XXXVIII

Lorraine était assise sur la terrasse quand Landowski entra dans l'appartement. Il remarqua les bagages alignés dans le vestibule. Il n'y avait pas les siens.

— Tu pars ? demanda-t-il.

Elle ne répondit pas. Il la rejoignit et s'assit à côté d'elle.

— Tu as fini ton enquête ? demanda-t-elle.

— La meurtrière est en route pour le continent. Le complice est à l'hôpital sous surveillance.

Il se versa un verre de Sauvignon.

— Tu pars ? demanda-t-il à nouveau.

— J'ai reçu un appel de Paris.

— Ah ? se contenta-t-il de dire.

Il but une gorgée.

— Elle a commencé quand son cirque avec toi, la tueuse ?

— Dès mon arrivée ou presque.

— Un coup de téléphone ?

— Oui.

— Et qu'est-ce qu'elle a dit ?

— Qu'ils te tueraient si je te prévenais. Il fallait que je joue le jeu.

— M'indiquer des fausses pistes ?

— Oui, la mafia calabraise par exemple.

— Tu aurais pu m'en parler.

— Ils connaissaient trop de choses sur toi. Et tu n'aurais pas changé de trottoir pour autant. Quand on veut tuer quelqu'un, il y a des armes efficaces. Je n'ai pas pris le risque. J'ai fait ce qu'on m'a dit. Mais je ne t'ai pas lâché.

— C'est pour ça que j'ai cru te voir ici ou là ?

— C'est pour ça. Comment tu as su ?

— Tu n'as pas voulu que je t'accompagne à la sortie kayak. Plus tard, quelqu'un a téléphoné pour dire que tu avais oublié un rendez-vous. De quoi m'interroger...

— J'ai aménagé mes journées pour veiller au grain. Te protéger.

— Merci.

— Et tu as fouillé dans mes affaires ?

— Non.

— Ne mens pas dès le matin !

— Il est presque midi !

— Comment tu as su que j'avais un rendez-vous ?

— Je n'en ai rien su ! Je t'ai vue déchirer le papier et jeter les morceaux dans la cuvette. J'ai voulu voir où tu allais. J'ai attendu dehors et je t'ai suivie. Ils avaient le projet de te tuer. Heureusement...

— Que tu étais là ! Merci.

Elle but une gorgée à son tour et pêcha quelques cacahuètes sur la soucoupe.

— Quel gâchis ! laissa-t-elle tomber. Tous ces morts…

— Pour une vengeance mal placée.

— Les femmes veulent parfois se venger, c'est ainsi.

Elle quitta la table. Il l'entendit ouvrir un tiroir dans la cuisine, puis elle revint avec le paquet de cacahuètes entamé. Elle en versa un peu dans la soucoupe.

— Pas bon pour la ligne ! dit-il.

— C'est foutu pour cette année, alors…

Il trouvait l'ambiance un peu lourde.

— Ça ne va pas ? demanda-t-il.

Elle se passa la main ouverte dans les cheveux.

— Fatiguée.

— Faut dormir la nuit !

— C'est toi qui dis ça ? Tu as parlé d'insomnies, je crois ?

— Tu as dû en avoir aussi.

— Moi ?

— À moins que tes tennis ne fassent demi-tour tout seuls sous la chaise vers deux heures du matin…

Elle le regarda fixement.

— Il fallait avoir découché pour s'en apercevoir.

XXXIX

Landowski longea le quai des Sinagots puis il s'engagea sur le môle. Il s'approcha de la statue du Pêcheur puis il contempla l'Ondine, radieuse et immobile de l'autre côte du bassin.

— À chaque fois que je viendrai ici, je penserai à mon oncle.

La jeune fille aux taches de rousseur lui sourit quand il se retourna.

— Avec le temps…

— Il en faudra beaucoup, je crois. Mon père…

Landowski chercha la tangente.

— Vous allez l'ouvrir quand, votre centre d'accueil pour animaux éclopés ? demanda-t-il en souriant.

Elle fit la moue.

— Je ne sais pas encore. Je ne sais même pas si j'irai jusqu'au bout. C'est dur tout ce qui s'est passé.

— Quand on s'est parlé à la mare aux canards, je vous avais prévenue. Les choses s'annonçaient bien difficiles pour vous.

— Je n'imaginais pas tout ça. Comment tuer des gens qui ne demandaient rien à personne ?

Elle réprima un soupir avant d'ajouter :

— Je n'ai plus de famille maintenant.

Elle se détourna un instant pour qu'il ne voie pas la larme qu'elle écrasa sur sa joue d'un geste discret.

— Et vous ? demanda-t-elle en se retournant.

Il joua un rôle.

— Moi ? Je vais repartir. Les vacances sont presque finies. Vous savez, l'activité ne manque pas dans mon métier.

— Vous viendrez me voir quand vous repasserez par ici ?

Il promit, sachant qu'il n'en ferait rien.

Il la regarda s'en aller lentement, puis il tourna la tête vers l'immeuble. Il remarqua un taxi qui démarrait. Lorraine…

Il leva les yeux vers les étages de l'immeuble contigu au sien. La jeune femme blonde au slip fluo était en terrasse.

Il se souvint qu'elle avait un papillon noir aux ailes déployées tatoué juste dans le bas de son dos.

FIN

Keruchen, le 18 mai 2008.

Quadri Signe - Editions Alain Bargain
125, Vieille Route de Rosporden - 29000 Quimper
E-mail : editions.alain.bargain@wanadoo.fr
Site Internet : perso.wanadoo.fr/editions.bargain

Dépôt légal n°17 - 2e trimestre 2008
ISBN 978-2-35550-023-7 — ISSN 1281-7813
N° d'impression : 805146
Imprimé en France